柯健君
中国作家协会会员

　　男，一九七四年生于浙江台州黄岩，中国作家协会会员，台州市作家协会副主席，台州市第六、七届拔尖人才。参加中国作协《诗刊》社第二十六届青春诗会，获《诗刊》二〇一〇年度诗歌奖、浙江省青年文学之星提名奖；出版诗集《蓝色海腥味》《海风唱》《嘶哑与低沉》等六部；在《诗刊》《人民文学》《星星》《散文诗》等发表诗歌和散文诗四百多首；作品入选各种年度诗歌选本。

点燃灯塔

柯健君 著

浙江工商大学出版社 | 杭州

图书在版编目(CIP)数据

点燃灯塔 / 柯健君著. —杭州：浙江工商大学出版社，2022.12

ISBN 978-7-5178-5244-5

Ⅰ. ①点… Ⅱ. ①柯… Ⅲ. ①散文诗－诗集－中国－当代 Ⅳ. ①I227.6

中国版本图书馆 CIP 数据核字(2022)第 229869 号

点燃灯塔
DIANRAN DENGTA

柯健君 著

策划编辑	沈　娴
责任编辑	沈　娴
封面设计	观止堂_未氓
责任校对	刘　颖
责任印制	包建辉
出版发行	浙江工商大学出版社
	（杭州市教工路 198 号　邮政编码 310012）
	（E-mail:zjgsupress@163.com）
	（网址:http://www.zjgsupress.com）
	电话:0571-88904980,88831806(传真)
排　　版	杭州朝曦图文设计有限公司
印　　刷	浙江海虹彩色印务有限公司
开　　本	880mm×1230mm　1/32
印　　张	6.375
字　　数	121 千
版 印 次	2022 年 12 月第 1 版　2022 年 12 月第 1 次印刷
书　　号	ISBN 978-7-5178-5244-5
定　　价	68.00 元

自序 照亮夜行者的心灵

近日，与阿红聊起诗歌的事。

我说，好像有点奇怪，我竟然记不起来我为什么喜欢上诗歌，或者说，是什么原因让我开始诗歌写作。当初写下的第一首诗歌是什么，如今已毫无印象。

于是，我对自己的诗歌写作进行了一次梳理。

在初高中的学习时期，看得最多的是《七侠五义》这样的章回小说和金庸、古龙、梁羽生等的武侠小说。我还记得有时中午回家边做作业边听广播里《三国演义》说书的情景。那时，我住在黄岩宁溪镇的一座跑马楼里，长长的院落，高翘的檐角，阳光透过庭院中的桂花树照射下来。广播里传出的战马厮杀的声音在院子里回荡，仿佛这里也成了战场。于是不自觉地，我喜欢上了文字。当时嫌老师布置的课堂作文太少，常常自拟题目写作。写短文、诗歌、小说，甚至还构思了一篇武侠小说，并且写出了四千字的开头，可惜的是没有再往下写。但据传阅的同学反映，还是较有可读性的。

在嘉兴求学期间，我担任了校刊《禾星》的主编，一边和一群有着共同文学爱好的同学一起排版、校对，编着油印的杂志，一边写着江南味十足的抒情诗歌，发泄自己饱满的情绪。

一九九五年毕业后，我被分配到黄岩财税部门工作。在这个被称为小邹鲁的浙江东部沿海小城，我接触并徘徊于橘林、乡野、官河古道、永宁江、三江口、低矮的山峰、烟雾缭绕的水库、堤坝、埠头、河道台阶……这些地域的特色，使得我的诗歌舒缓和富有流水般灵动的节奏。更多地，我写故乡的城乡接合部，既有城市的尾音，又充满乡村的盛景。我一直认为，一方水土养一方人，不同水土所养的人和文化肯定是不同的。每个地域都有自己的特色和气息，它覆盖在这一块地域的人和事物之上，并影响着他们的思考、它们的生长。

诗歌更是如此！因为诗歌是从血液里流出的东西，它与感观、情感、经历、经验息息相关。往往，诗歌会被故乡牵制，这是一种向心力。

二〇〇〇年前后，我写的诗歌有面对现实的沉思，有充满哲思的沉郁，也有对未来充满憧憬时的激情飞扬。我写人间的悲苦与慈悯、忧伤与喜悦、静谧与沸腾。《呼吸》于二〇〇一年出版，是我的第一本诗集。我崇尚写诗像呼吸一样自然，因此将诗集命名为《呼吸》。而《我们一直坐到天黑》这本诗集出版于二〇〇五年，书名来自一首发表于《诗刊》的诗歌的标题。当时是想着，我和诗歌，会一直一起坐下去，哪怕天黑了，也不怕。

素未谋面的马知遥先生于二〇〇五年十二月为我的诗歌写过一则评论，十分中肯，我那一时期的诗歌创作风格大抵如此：

在日常生活中体悟，在日常生活中觉察生活的奥秘。诗人不放过任何精致的情节，而这些情节看似熟悉而琐碎却耐人寻味。《二伯来城里住了一晚》用对话的方式轻松地叙述，让我们看到生活的差异和生活的淡淡苦味："天色微微暗淡/二伯执意要回乡下/说城里路再亮/他都看不清/村里路再暗/他闭着眼都摸得回。"

我欣赏这样的诗歌，他是诗人的有意承担，即对生活之重的理解和对岁月的顿悟，他将自己的悲悯和对现实的理解都澄净地表达着，而且有着长久的回味。

他的另一类诗歌，几乎和他沉郁的诗歌截然不同，那如同北朝民歌一样的呼告和灵动的想象，让我们觉察到什么叫火热什么叫灵魂深处的狂欢。我大胆地将这样狂欢似的语言臆解为诗人对自己沉郁之气的一种释放方式，而这样的释放是为了催动他的想象。

二〇一六年,我出版了诗集《大地的呢喃》,收录的是创作于二〇〇二、二〇〇三和二〇〇五年的诗歌,这近百首诗歌体现的是最简单最生活最本真的状态,显露的是我所寻找的灵魂与文字的另一种途径,关注的是我所生存的土地——点点滴滴,一些思、感、悟、恨、悔、乐、痛、爱……这些诗歌,是我"散落的情绪与思考,掉落在大地上,变成了轻声的诉说。仿佛,对世界呢喃"。这呢喃,这轻声的诉说,因为声音轻轻,乃至喑哑,又因为岁月的淘洗让它能够直抵人心,而有了久远的回音,有了时光馈赠的光泽。

二〇〇七年,我从县城黄岩调往台州市区工作,每天在晨曦和暮阳之间往返于两地。早上从九峰山山脚离开靠近椒江的大海,傍晚远离椒江大海返回九峰山山脚,在乡野的青草味和浓浓的海腥味之间转换呼吸、思考和诗歌的触觉。来往之间,我发现可以在外围观察自己的故乡,因此反倒有了对故乡的怀念和依恋,同时,那个时期也是我对自己那一片诗歌地域的惊醒和回眸。

我想,诗歌的地域性在两个方面体现:一个是血液的地域,即诗人的出生地,亦即你是来自哪里的诗人。这是故乡戳在你身上的烙印,一辈子都洗不掉,是现实中的地域。另一个是诗歌的写作地域,是诗人的书写题材、心灵栖息地,亦即所谓的"邮票般大小的故乡"。这是精神上的诗歌地域性。

我生活的台州位于东海之滨,唐朝大诗人杜甫曾用这样的诗句来描述它:"台州地阔海冥冥,云水长和岛屿青。"

而我,用这样一种描述,让它富有感性和变得亲切一点:台州,濒临东海,海岸线北起蛇蟠岛,南至坎门,海边小镇传统中泄露着现代性,沾着海腥味,覆盖着低沉的天空下偶尔飘散的化工气息,坚韧中又透露出一点茫然:六敖、浬浦、花桥、桃渚、上盘、章安、松门、石塘、楚门……这些简单的名字间,藏着深厚的历史,一滴海水,就能打破它们的宁静,流淌出沾着陈香的岁月。它们总是在诉说渔港、灯塔、暗流、织网的女人和蹩脚的鳏夫,甚至哪一次出海时桅杆下响起的嘶哑的怒吼。

很久以来,我就一直在寻找着自己诗歌的故乡。从最初关于童年回忆的写作,到对城乡接合部半乡村歌手的探寻,再到遵循内心对周遭事与物的思考,一步一步,都是随着经验与技巧的提升而做着创作主题的变化。这些变化,体现着自身认识与对诗歌感悟的增强。怎么写与写什么两者反反复复地纠缠于我的笔端,或因某一方力量的强大而让我朝不同的方向行走。这样的路,很长的时间里,我一直在走。

后来,我做过这样的回忆描述:因为工作关系,我从遍布乡村的县城来到渔村散落的台州湾畔,并开始爱上这里。爱上这一片海域的芦苇荡和滩涂,爱上阴霾的天空下摇晃的帆船和渔民的抗争,爱上礁石缝里那只努力着想游回大海的泥螺,爱上在我心跳周围为着梦想拼搏的朋友,爱上蓝色的天空和沾满海腥味的星星……

二〇〇八年十月的某一天下午,阳光应该很好,空气中应该也有着浓浓的海腥味。码头依然静默,浪拍打得很高,停靠在港湾的船只在规避台风,帆降了下来,桅杆孤单地耸立着,指向天空。我写下诗歌《出海》的那一刻,向窗外望去,一切如常,街道、人流、车马、大海、台阶、铁锚、缆绳、排档、礁石、青苔……都没有因一首诗歌的诞生而改变自己恒有的运行规律,然而,我的内心,却有了些许的改变——这是我写下的关于台州湾这一片海域的第一首诗歌,它是我对诗歌沉默了一段时间后的重新出海。那一天,我写下"海。像一面隐藏巨大无知的镜子/港口。像塞满弹药的枪膛",写下"风暴内心,永远隐藏着风暴/像那次出海以后,我的夜空,挂满隐隐约约的星光"。我已经有了新的诗歌方向,有了远方的灯塔,有了海平线上透露出的那一抹光亮!

于是,我开始写台州湾这一片海。我让这些诗歌具有台州湾台风季的力量,具有那种能够砸出声音的力量。这力量简短、厚重,闪着灵性与智慧的光芒。我常常去海边的码头站立,在堤坝上行走,望着避风的船只或夜晚闪烁的灯塔,看着渔民黝黑的皮肤在阳光下折射着刺眼的光,等待落日完全在海面上沉没……

二〇一〇年,我参加中国作协《诗刊》社举办的第二十六

届青春诗会,《嘶哑与低沉》组诗十五首在当年十月号的"青春诗会"专刊头条推出。《诗刊》编辑娜仁琪琪格的评语是这样写的:

> 一个生活在海边,在海的臂弯中长大的人,他身上的每一寸肌肤都有着海的吻痕,他的血液澎湃着大海的涛音。他不仅是大海的知音,一架天然的钢琴,每一次海风、海浪,抑或海的每个喘息都会奏响天籁之音,还是大海最亲密的儿子,几乎所有的爱与怀想都与大海相关。他像鱼、虾、贝一样,与大海有着贴肤的温情与柔软,自然他也是广阔的,有着海域的壮阔与汹涌,以沉实、沧桑、咸腥、粗粝弹拨出了重音。同时他也在承受着大海的疼痛,那些痛无时不在撕扯着他敏感而柔软的心,他替大海发出了声音。切肤之痛,隐伤,大海的盐,无不充满了对现代文明冲击的忧患意识。因此,我认为柯健君是一个有担当精神的诗人,怀有关注社会、关注自然生态与人类命运的大情怀。

而在这一年,我获得了《诗刊》二〇一〇年度诗歌奖,授奖词是这样说的:

诗人柯健君生活在"推开窗户就是大海"的地方,所以,他的大海不是想象中的大海,是离他近得没有距离的大海。因此,他的海是他生活和生命的重要内容,那些沾满海腥味的事物,自然成为他歌唱的理由。诗人始终是一个织网、摇橹和赶海的人;是蓝色波涛上的风帆;是一粒盐,结晶于苦涩的霜寒。这种生活与生命的同步,内心世界与外部事物有机的交融,构成了他诗意的大海:无论风光明媚,还是波涛汹涌,因为真实,更使人容易亲近。

这些都给了我在诗歌的道路上沿着大海的波浪翻涌的信心。

关于海的诗集,我出版了三部,分别是《蓝色海腥味》《海风唱》《嘶哑与低沉》。

《蓝色海腥味》于二〇一一年由青海人民出版社出版,诗集的封面是阿红设计的。我们一起跑到杭州的设计公司,坐在开着设计软件系统界面的大屏前。她按照自己对这本诗集的理解,设计着封面。以蓝色为底,一个红红的印章戳在封面上,这是诗歌的脚印,也是诗歌在我的内心最重最深最红的印记。这本诗集,就像我在其中的自序里所说——在这一片芦苇丛间,我找到了大海、岁月和诗歌的秘密。霓虹次第亮起的夜晚，我成了一个不说话的哑巴、一个怀旧的老者、一个任凭两鬓渐白而毫不设防的青年、一个把浓浓海腥味当作蜜糖一样呼吸的诗人——我也成了自己诗中所写的那样：

> 我，蜗居东海之滨的诗人
>
> 虚构寂寞、现实和爱
>
> 用深蓝的口舌痛骂生活不地道
>
> 责备潮水这长脚婆浅蓝色脚印随意践踏在堤坝
>
> 而我的爱是蓝色——博大、宽广
>
> 允许自己偶尔痛哭一场

《海风唱》于二〇一四年由武汉大学出版社出版，获得中国作家协会二〇一三年度重点作品创作扶持项目，列入浙江省作家协会二〇一三年度签约作品，入选"浙江现实主义文学精品工程"。在这本诗集里，我继续歌唱，我继续做一个大海里的歌手！我幸福于大海带给我的情怀与追求。我给我的诗贴上大海的标签——我极力追求一种精神的硬度与力度，即使在宁静的表面下，也深藏暗流涌动狂放不羁的内里，它能击中一个人的灵魂而不是躯体，它能让一个人阅读到的不仅仅是白纸上黑色的文字，而是行间渗透出的大海坚强和坚韧的秉性。我让诗歌拒绝苍白、浮浅与无力，拒绝本已大量充斥着的虚伪与病吟。

《嘶哑与低沉》于二〇一八年六月由中国大地出版社出版，精选了关于海的四十首诗歌，每一首诗歌配上一篇与之有关的内心独白与感悟。这些附上的文字均在五百到八百字之间，当初我只是把它们当作小散文来看待，并没有当作散文诗来写。

某一天，当我无意间捧起自己的诗集《嘶哑与低沉》阅读时，发现这些小散文也是一首首散文诗。它们闪闪烁烁，像星星一样散发着光亮，并且沾满浓浓的海腥味。于是我想：当我在诗歌里引入色彩、声音、建筑、音乐等与其不同的艺术门类的表现手法后，是否可以换一种体裁，以散文诗的形式来表述这一片海呢？是否可以描绘出蓝、深邃、辽阔，也体现着腥、咸、黄、混浊、肮脏、苦涩……让那些在诗歌中的船只、暗礁、零散的岛屿，以及鱼、贝、虾和蟹，在散文诗里再度呈现，并且有所不同呢？

对于诗歌的创新，无论从哪个方面，都是我一直在思考的事。

早在二〇一二年底，台州书画院为我的诗歌举办过"云水长和"台州海洋诗画联展活动。当初举办这样的一次跨界诗画联展，主要是基于以下考虑：一是我在与一些画家朋友的交往中不断思考"诗"与"画"的关系。在中国传统的诗歌和国画意境里，"诗"与"画"向来是密不可分的。诗歌中充满了画意，诗是可以阅读的画；一幅画往往体现出诗歌的意境，画是沉默的诗,是一首悬挂着的诗。苏轼曾赞王维的诗歌为诗中有画、画中有诗。二是现实中各类艺术的交相辉映。随着时代的变迁和经济的快速发展,生活、价值和艺术都在发生着或微小或巨大的变化,相互之间融合、渗透与相互补充的态势在不断加强。于是,台州海洋诗画联展以我二○一一年出版的诗集《蓝色海腥味》为蓝本,展出了李棣生、方谷、章秋华、陈伟年、鲍海斌等十五位台州画家到台州沿海采风、写生的作品。他们用或粗犷或细腻的笔墨画出了对台州这一片海洋的热爱与激情。无论是我的诗歌还是他们的画作,都沾着浓浓的海腥味,激荡着对故土深长的眷恋之波。

于是在诗歌之余,我寻找另一种表达方式,从另一种角度观察台州湾的海域。我开始创作散文诗,用零散的时间写成这些零散的篇章,如同在蓝色间奔跑,如同去岛屿上把灯塔点燃,如同去夜空间把星光点亮,陆陆续续地,结成了这本集子。

散文诗兼具了散文和诗歌两者的特点:形式上像散文,但又具有诗歌的精简;有散文美,但不散文化;有诗歌的张力,也有散文的叙述性。像一个人走路,可以是散漫的,也可以是跳跃的。它既像大海的波浪,连绵翻涌,也像海面上的礁石、船只与灯塔,让读者获得笔断意连的阅读感。

断断续续间,我以蓝色的笔触,写下:

去岛屿上把灯塔点燃、放弃灵魂以外的一切、看见远逝的时光回来、宽恕内心的伤口与懦弱、把自己擦亮成一盏渔火、潮水合唱团中的几个破音、一粒沙子搂着另一颗沙子歌唱、盐粒放弃苦涩的坚守、孤零零的桅杆伸向寂寞的天空……

这些文字是倾诉，是抗争，是警醒，是自省，是谴责，是隐藏在海水里的一粒粒盐，而我，要把它们渐渐磨光。

在亚洲一隅，东海岸边，台州湾畔，曲折的海岸线上，夜空下的那些灯塔闪闪烁烁，指引着船只的方向。我愿意去把它们点燃，一直守护着，不让它们在凛冽的海风中熄灭，让光，一直照亮夜行者的心灵！

二〇二二年十二月于闻海楼

目录

去岛屿上把灯塔点燃 / 001

隐隐约约的星光 / 003

放弃灵魂以外的一切 / 005

不含杂质的灵魂与幸福 / 007

看见远逝的时光回来 / 009

不断敲打自己 / 011

移动的补丁 / 013

将生活涂抹成蓝色 / 015

宽恕内心的伤口与懦弱 / 017

把内心的大海想象得更完美一些 / 019

把自己擦亮成一盏渔火 / 021

梦想的唯一理由 / 023

潮水合唱团中的几个破音 / 025

轻吻一下夜幕中闪烁的星星 / 027

移动一枚针的距离 / 029

来自生活的节奏和旋律 / 031

一粒沙子搂着另一粒沙子歌唱 / 033

种出一片大海 / 035

如果内心涌出爱和善良 / 037

海也读我的沉默 / 039

春天派出勇敢的排头兵 / 041

远处的船只和大海的深邃 / 043

盐粒放弃苦涩的坚守 / *045*

一个小小的约定 / *047*

南渡船只上一起南下的蚂蚁 / *049*

我们的孤独或许是一样的 / *051*

一个跺跺脚转身燃火的人 / *055*

孤零零的桅杆伸向寂寞的天空 / *057*

扶着海风站立 / *059*

沾满海腥味的星星 / *061*

把内心弹奏到最宽广的音域 / *063*

一片片鱼鳞闪着细小的光 / *065*

磨光一粒盐 / *067*

3

隐约舔到了盐的味 / 069

发自最纯净的内心 / 071

把下午蹲出了几个黑窟窿 / 073

还乡唯一的路径 / 075

沙哑的嗓音早已被涛声淹没 / 077

在海浪的拍岸声中惊醒 / 079

抱住孤单的自己 / 081

冬日海面上突突的马达声 / 083

海风割着这个世界 / 085

夜色找到海遗失的泥螺 / 087

整座海就是巨大的音箱 / 089

怀想可以怀想的年代 / *091*

擦拭掉生活的锈迹 / *093*

没有雨，台州湾的海是寂寞的 / *095*

溅出一滴米粒般的阳光 / *097*

狠狠地钉在岸角或浅滩上 / *099*

渐渐浓厚起来的海腥味 / *101*

藏匿在远远的海平面外 / *103*

清澈明亮的眼眸间晃过 / *105*

灰蒙的灯火紧紧咬住城市的脉管 / *107*

慢慢冲破黎明 / *109*

总有一颗挤出亮光的星子 / *111*

携着星子与冷月的光辉 / *113*

在微暗的摄静寺读心经 / *115*

海在身后依然沉默 / *117*

承受布满伤痕的海和你 / *119*

长燃起不灭的渔火 / *121*

晨雾散过之后 / *123*

晴朗的引信 / *125*

为礁石缝里的泥螺唱首赞美的歌 / *127*

蓝色之间 / *129*

用冰冷的月光涂抹自己的前额 / *130*

用力量抗拒着力量 / *132*

在风的缝隙里隐藏着大海 / *134*

在岁月的滩涂上两鬓渐白 / *136*

在那颗回家的星星睡觉以后 / *138*

来自生活的轰鸣和悸动 / *140*

我只为磨难与悲悯而爱 / *141*

用渔火为晚归的船只歌唱 / *143*

看着缓缓落下的暮阳 / *145*

呈现自己的色彩或悲喜 / *146*

跋涉中的信仰者 / *148*

晚风从另一端来 / *150*

卸下幸福给还有磨难的人 / *152*

岛屿，以及逝去的海 / *154*

保持着对生活的敬畏 / *156*

无休无止的镜像 / *158*

评论　云水长和岛屿青——柯健君与他的海洋意象　禾　睦 / *159*

跋　望君踏浪跨海燃灯来　胡明则 / *172*

去岛屿上把灯塔点燃

夏季还没有结束,台风还在海面上扫尾,但是那台浸满油腻的马达,已然开始骚动不安,它的蛰伏期就要过去⋯⋯

带着柴油味的青烟一边呼喊一边奔跑,又像暴脾气的小火轮挥出的一记拳头,迅即捅向天空。船老大站在桅杆下,用昨晚残余下来的力气,拉起帆。远远的海,隐在岛屿的后面,像一面隐藏巨大无知的镜子。不知道它将吞噬什么,或者告诉人类什么。

临近的港口,不因一切有丝毫退缩。它像塞满弹药的枪膛,要向大海射出征服与抗争。它要告诉大海,我要在蓝色上奔跑,跑向天空。

或许,帆只是为着风的沉重而悸动。

或许,雨水有足够的理由不安和咆哮。

或许,出海航行只是梦魇的开始,一切无知和艰难在前方等待。

可是,为了这一刻他们等了很久。他们要携着蓝色奔跑和飞翔,要与蓝色融合在一起,要成为真正的一抹蓝。他们可以拒绝女人,拒绝她们把不安带上船。他们可以放弃这一片寂静的花园,他们可以沉睡在床脚和三五瓶宁溪糟烧间。

出海,去到蓝色间奔跑,把小火轮马达的轰鸣声嵌进平和的台州湾,去寻找勇敢者的足迹。

在狂风没有来之时,在骇浪没有掀起之时,在宁静束缚着大海的四蹄之时,在铁锚尚能安息沉默之时,在东海的坏脾气没被点燃之时,在风暴的内心还隐藏着风景之时……把一切都准备好。

出海,去岛屿上把灯塔点燃。

出海,去夜空间把星光点亮。

隐隐约约的星光

我蹲在亚洲偏东僻静的海岸，开始接触这一片海。

有时，我一个人在海边走，窄窄的堤坝上凌乱着鱼干、鳞片、脚印及阳光的碎片。风从背后吹过来，偶尔将地上的虾皮和苇叶掀起。还有些，在我鞋底沾着，被我带出几步远，又落下。

海水的拍岸声，似乎渐渐弱小，在落日的余晖里无力着。我知道即将漫延过来的夜，随时会将海、我和这个城市覆盖。而在浓浓的海腥味里，渔民们已将晒了一整天的海鲜腌制品收起。他们开始将生活塞进略脏的蛇皮袋，并把口子紧紧扎牢。

盐和阳光混在一起，伤口、疼痛和疤痕混在一起。

一直以来，充斥我儿时记忆的，是橘林、江埠、蝉鸣、垂柳、芭蕉、檐角……是江南的柔弱与多情，是水乡的妩媚与静谧。而现在，我接触到的是突然涌起的浪，是浓郁的海腥味，是摇晃的甲板和我强力压抑住的胸腔里的咆哮，是码头边沉重且起着一圈锈迹的铁墩，是渔民粗犷的嗓门……

他们对于我,就如同高度的宁溪糟烧对于我——我被这份大海赋予的浓烈情分深深地吸附。

我思考着这一片地域,思考着这一片海,思考着万事万物与天空之外。这深不可测的海,对于我有着莫名的吸引力。它在我的前方晃荡翻腾,用一滴滴微小的水珠凝结成巨大的海,我要勇敢地闯进去,获得探寻神秘的乐趣和满足。

我要知道我的前方,海的背后,究竟是什么。

我知道每一个人的人生,都需要闯荡,去无惧地闯出一片天地。

那一份豪情已经在胸膛里激荡,内心也已刮起无惧的风暴。

来吧,即使那海里隐藏着未知的万千事物,我仍看到了以后的夜空,挂满隐隐约约的星光!

放弃灵魂以外的一切

每一滴海水都有自己的归处：或融入海水之中；或沉浸于沙砾之间；或消失于烈日之下；或被携带，停留于陆地。可是最终，又以各种状态返归大海，再次成为一滴海水，在水和水之间，孤独地蔚蓝着，发出巨大的声息。

曾经，它拥有太多。此刻，只愿放弃。

站在台州湾的岸边，静静地看过去，风在迟缓地吹着，小火轮已经熄了马达，一两盏渔灯已经亮起。而斜阳，缓缓抹平了礁石、灯塔和悄无声息的暗流。

我回头望望走过的堤坝，长长窄窄的堤坝，一直延伸过去，无法知晓它的尽头。可是，黄昏依然降临，群山、树林、高楼、街道、跨海大桥、沿海高速、船只、滩涂，开始披上黑色大衣，将自己悄悄隐藏。

这一切，让我觉得痛苦和慵懒。

在白天，我见得清清楚楚的事物，此刻即将消失不见。这让我痛苦于失去。

在夜晚，我得不到那些曾经拥有的事物，我又何必再去追寻呢？或者说,等到第二天,这些事物又会在我眼前显现,我又何必花力气再去追寻呢？这让我慵懒于唾手可得。

世间,有多少事物是我们能够长久拥有的？又有多少事物是我们不必长久拥有的？有多少事物是我们自以为拥有了的？又有多少事物,我们的拥有就是浪费？

海浪在一声一声地高涨,不是在回答,而是在追问。

一只鸥鸟暂时停靠的岩壁,不是它拥有的;一艘帆船经常避风的码头,不是它拥有的;一抹夕阳每日照耀的大地,不是它拥有的;一树娇艳盛放的花朵,不是它拥有的;一根草叶清莹饱沾的露水,不是它拥有的;一檐禅钟悠远清亮的梵音,不是它拥有的……

每一滴海水即使有自己不同的归处,最后仍是一滴海水。每一滴海水只愿和每一滴海水在一起,简简单单,孤独地蔚蓝着,发出巨大的声息。

如此简单,一天才能幸福地开始。

晴朗的天空下,我愿放弃灵魂以外的一切,如这海洋般默然。

不含杂质的灵魂与幸福

很多时候,我愿把这一片海当作一张七十八转的胶木唱片,把那尾斜阳,当作一枚金黄色指针。高高低低的浪与浪之间,像极了深深浅浅的声槽。暮色中,大海就像背了一台留声机,传出协奏曲或进行曲,连绵不断地演奏着,毫不顾忌世界的眼光。

而经常去椒江的码头边看海的我,经常把海看成这个样子。

有时在晨曦中,或在斜阳里,我在一个孤单的码头聆听着自己的呼吸。船只扯着高高的帆和远方的海说话,缆绳缠着铁锚,渔民们看着天气和起伏的倒影,挥挥手赶走了娘们。这里,不是她们该出现的地方。那些齐整排列的小货轮,远远看过去就像是海的琴键,奏着一曲吞噬的歌。而不远处的城市露出生活尖锐的利齿,啃着海的骨头。有时,是它们抹平了礁石、灯塔和悄无声息的暗流。

台州湾两岸的村庄在暮霭里若隐若现,起伏的波涛和临港的货轮都寂然无声。常常就是在这一刻,我爱上铁锚的锈味,爱上石阶旁的苔藓,爱上阴霾下粗壮的马达声,爱上陈旧的帆和明暗的灯火。

可是,宁静的凌晨,仍有什么,将我歌声里的赞美降了八度,而将忧郁提升了几个音阶。

滩涂上有一片又一片的苇丛,有一小撮低矮的草,透出浓浓的海腥味——浓浓的,像那满满的船舱里载回的一样。有时似从海的那一端传递而来,让人感觉不到边际。是不是就是这些深藏在苇丛间的忧郁逐渐深厚,让我似乎找到了春天迟来的理由——那些,半路拦截的化工气息,狠狠抽着城市和野鸭的耳光。还有破厂房里传出的机器轰鸣声,盖过了斑鸠的鸣叫。

我真的该放弃灵魂以外的一切,如这海洋般默然!

相信爱与善良,相信有潮水,冲刷欲望的沙粒,冲散那些利、物和熏心的浮躁。我相信放弃,是一种不含杂质的灵魂与幸福。

看见远逝的时光回来

海产品市场临近小巷,小巷临近台州湾的南岸,台州湾临近入海口,入海口临近东海。我就在市场边的小巷里长大。从我记事的时候起,就感觉自己长得越来越像父亲昨晚捕捞的那条岩头老虎。

虽然我被青春期的丝网拦截着,但内心对自由的向往,却日益沉重。多少次,我想象自己逃离了这座城市,就像一条鱼游离了这片海域。我厌烦了周边那些每日沉浸于要价、杀戮和阴暗内心的人群。

我希望自己是这个城市里一片奔跑的鱼鳞,阳光下,熠熠生辉,闪烁着大海一样的光芒。

我不愿意再看见海产品市场北角门旁收票员比灰蒙的天还要沉郁的脸,不愿意听见争吵、骂娘和凌晨三点起身的喧闹。这些总让我焦虑和更沉默。有时,看见一辆自行车倾倒在白线外边,我也会觉得,这是忧心的生活让它砸烂了自己的骨架。

我想做一条岩头老虎游回大海。我觉得我的青春,应该有另一番的天地与自由。

我想,在这充斥冰冷寒光的海产品市场,有更多的鱼、虾、蟹和贝,想回到大海。它们如同我一样,想极力挣脱当下。当我看到肮脏的水泥地面上,一只乌贼翻腾着,试图把自己撑回原来的样子,我就按捺不住内心的骚动。

……有时,我也极力想把自己撑回到那一段少年时光。

从蒙蒙黑的夜色里开始进场,每当父亲带我出摊,我总是不停翻看手腕上的旧表。总感觉那些时针、分针、秒针把时间分割得如此缓慢,那份六点钟送的早点,总是迟迟不肯出现。

在摊位前,那唯一被留出的一点点空隙,被各种腥咸的方言塞满。门口的小货车进进出出,和拥挤的人群相互碰撞,熙熙攘攘,为着利而来往。

我等待着黑夜渐渐放松对星星的管制,期待更多的亮光来到这里,就像一条岩头老虎等待着大海的逼近。

只要看见那一片海回来了,它就会舞蹈,就不会在迷乱间丧失自己。

我一直坚守着这样的一份美好,坚守着一片海,这样,会更让我坚定,仿佛看见远逝的时光回来。

不断敲打自己

　　一个夜晚,是一个冬天。风用一把把刀子割着我们的脸,汹涌的海水就像大舌头野兽,贪婪地喘息着。拥有漆黑船身的红头船,像一块通红的铁滑行在巨大的铁板之上。整块天要压下来了。父亲还在撒网,脸上的表情沉默而执着,他的脸像一块僵硬的雕塑。

　　我们在这样的天气里出去,是想为水产市场运回更多的期待。

　　无论是天空布满阴霾的时候,还是天气晴朗,金黄色的光线在海面上泛着刺亮的光,他的脸永远都漆黑着,就像是从夜空中挖出来的一小块黑。

　　他忽地转过头对着我,喉管里滚出一句话——嘿,还愣着——低沉而短促的一句话,像铁锚砸在脚边。

　　下午,他已查看好了鱼们越冬的洄游路线。整个夜晚,他似一台古旧扫描仪跟踪着,已出海了几十里。我蹲在船舱角落,如同一块废铁。寡言。呆板。无措。不知道自己要干些什么,或能够干些什么。

父亲跪在一侧，绷紧腿，抡起木棍敲打着船帮。

"咚、咚、咚咚……"声音一直往水里钻。我知道东海的黄鱼最惧怕这种声音。

"敲！使劲！"父亲喝道。但坚实的木板挡回我稻草般的力。

直到大大小小的黄鱼浮上来，在海面上一荡一荡的。父亲还在用力，有几滴汗咬住他的额角，久久不肯滚落。

直到那点点的嫩黄快要连成片，父亲才说："回去！"

我升起帆，看了看风的方向。

…………

那是几十年前的一次出海。如今，父亲的那股力量充斥在我身上，我也不断敲打自己——

"挺住！"

移动的补丁

退潮之后,很多事物都呈现出来,裸露在海边。我喜欢看这样的台州湾,一切都是暴露着的,没有什么可以隐瞒。那些原本被海水覆盖的滩涂、芦苇和码头台阶,像被清洗过一样,少了些许杂质。而这时的我,只用一根缆绳就能将自己绑于滩涂之上。我要看看在这淤泥之下,还有什么。

浑黄的海水已经远远退去,就像撕走一页页嘶哑的曲谱,带走了曾经遗落于此的牡蛎、泥螺和昨夜醉鬼的空酒瓶。近处,渔妇三三两两,围着各色的头巾,在养殖场里忙碌着。看上去,她们像是海边走失的几只红绿头虾。当她们弯腰,撅起圆滚的臀,弹着步子往前行的时候,海水刚刚没过脚趾。而隐隐浮现的毛蚶,像阳光下反射着浅光的金币。

此时,我的心倘若如铁锚般沉重,也会被两只落伍的青蟹扛走。

记得两公里外有一座简陋的庙宇,妈祖在里面静静地微笑着,接受人们在晨间或黄昏的祈祷。有人从那里回来时,手上还沾着香灰。他的脸上沾着妈祖赋予的微笑,他的内心已然获得平静,出海的人,已然获得平安。

有时候潮水退去,像一个人不断地叹息。谁也不知道他在叹息什么,也许是为村庄里最后熄灭的那盏渔灯,也许是为出海后再也不能回来的渔民,也许是为台州湾自古以来的变迁,也许是为天地之间运转的规律。

我不去想海的叹息,我只是想我的那一声叹息,为的是什么。

潮水退去了,淤泥还存留着海的热量,钻进那些劳作的指甲。风在嗖嗖作响,似乎在召唤。遗落在滩涂上的花蛤、黑贝、虾婆、扇贝、海瓜子……一次又一次,尝试着捡回远去的大海。

而这时,摇摇晃晃回来的鳏夫,虽然干瘦,像瘪气的自行车内胎,但身体里仍游荡着一只残鲨,常会把生活弄出很大一个破洞。他跟在女人后面,偷偷捡拾她们的体温。

当斜阳收回最后一根金线条,成片的浪潮声舔着黄昏的脚跟远去。几个晚归的渔民,就会走成几块移动的夜的补丁。

将生活涂抹成蓝色

在很多地方,和很多人我都说过,我身边的这一片海不是抒情与浪漫的海,它是生活与生存的海。

它不透明,它有着任意漂浮着铁罐和塑料杂物的浑浊。

它不温柔,它有着每到夏季就有台风来临,肆无忌惮地摧毁一切的暴虐。

它不可爱,它无法让情侣拥有赤脚漫步的沙滩,无法让孩子们找到能放在耳边倾听海风的声音的漂亮海螺。

它不矫情,它只能让一个蹩脚的渔夫回忆起曾经的勇敢、抗争与风雨岁月,它只能让一个瞎眼的渔妇整日念叨着妈祖庙的寿辰是哪一天、返航的渴望是哪一日。

它直接锤击和切入我的内心与身体,切入在我的诗歌里多次在场的补网女人、礁石、冬日或夜的码头、沿海工业带、水产市场,以及它自己的喘息与疲倦,锤击那些鱼、虾、贝、蟹和螺。

它是粗粝的、沉重的、丑陋的,有时是迟钝的,有时又是锋利的。

我在海的身边生活，从海的身上得到经验、情感、思索，学会爱与包容，也学会仇恨与抗争。

我有时想：这么多年，我身边的海究竟给了我什么？我，我们，以及这个城市，给海带去了什么？海宽阔与博大，它从自己的内心最深处可以翻出最真诚的表白；而我们，能狠狠掏出自己的内里，干干净净地呈现给海吗？

我不知道，我无法回答。即使我知道，我想我会羞于回答。

工业文明的推进，挖土机的粗暴挖掘，过度的捕捞，让受伤的海如同一条昏厥的鱼，渐渐丧失幻想和静谧。

一首诗，阻止不了一辆坦克的进攻，更阻止不了现代文明对大海的入侵。

我写诗，但不知道能否拯救海——即使可能，也只能是精神上的拯救——我不能让生活中的海停止丧失，仅仅能让人们把内心的大海想象得更完美一些。

除此之外，我不能为海做些什么。

但我喜欢这种拯救，哪怕这种奢侈的拯救如同夜间移动的补丁。从某种意义上来讲，这亦是我生活的一部分。

我愿将生活和诗歌涂抹成蓝色——彻底、深深的蓝。不惧怕风怎么吹向我。

宽恕内心的伤口和懦弱

我一直认为，大海里有多少鱼、贝、虾和蟹，就有多少歌手。

我把它们当作大海里天然的歌手，我也曾听它们自由地唱过歌，每当海风刮起，海浪肆虐的时候。我知道它们的歌声简单、粗糙，有时候甚至是低弱的，被淹没在涛声之下。可是，即使世上还有着其他优美的歌声，我却只愿听它们歌唱。

我爱一条跃出水面的鱼，在阳光下闪耀。它或许叫鲳、鲻、弹涂、马鲛。在我看来，这些都不重要。重要的是我喜欢看它们游动，看它们把自由自在的游动当成一首歌。这首歌在大海里穿梭，飙着高音或低音，吸引着更多的歌声。这让我爱上充满阳光的午后，心里存满温馨，不再拘束自己的言行。

一直以来，我喜欢大海里的鱼、贝、虾和蟹，试着和它们说话。

礁石上，那只缓缓爬行的蟹，遥望着远处的灯塔，坚硬的脚钳往海水里试探。我想，是因为它，我才会爱上慢调主义生活,我才会放慢恨的速度。有时我会默默祈祷,尝试着把体内的凶狠变得弱小。

这些大海里的歌手,教会我爱与恨、欢笑与抗争、隐藏与坚韧。

无数个白昼过去,无数个蹲在东海岸边数星星边数浪声的夜晚过去,我仍然行走在台州湾的两岸,看云卷云舒,听潮高潮低。

海里,那些蚝、花蚶、蛤蜊也有着自己的歌唱。它们坚硬的壳在外面,内里的身体却非常柔软。然而,正是它们,教会了我如何坚强——即使内心再软弱,也要学会撑起自己,不让自己倒下。

我们要学会,宽恕内心的伤口和懦弱。

这些年,我热爱着这些大海里的歌手。它们本身,就是歌唱这个词。

把内心的大海想象得更完美一些

高中以前的生活,曾经留给我很多诗歌书写的题材:奔腾的溪水,矮矮的山冈,没人看护的橘树林,老宅子的后院,学校放农忙假后的玩耍,帮姨妈或同学家割稻、打麦,打铁铺里传出的结实得诱人的锤声……

从会计学校毕业后,我被分配到县城里工作,离开了儿时生活的小镇。但每个周末,我都喜欢沿着永宁江畔,游走于乡村和田野,找寻着儿时的味道;后来,我又调到另一个城市工作,与台州湾的海更靠近了一些。从山间小镇,到水边县城,再到海边城市。一步一步,我向着海靠近。

听着海浪的声音,呼吸着海风所带来的鱼、虾、贝与蟹的气息,我的心渐渐与这一片海域融合在一起,我的笔端流淌出蓝色的海腥味。

地域对人的影响是在无意中渗透的,但会在你的潜意识中反映出来。文学与艺术来自精神层面,但这种精神层面却往往被地域层面所左右——如果不说是控制,那么,用左右这个词该是合适的。控制是单方面的,左右还有点摇摆的意思。一个诗人的作品,往往被他本人生活的这一片地域的痕迹蛛网般缠绕着,这是很正常的事。

我开始渐渐熟悉台州湾宽阔的水域,熟悉它浑黄的海水下面深藏着什么。除了船只、暗礁、零散的岛屿,是那些鱼、贝、虾和蟹——不管大海里有多少,我都认为,它们就是这一片海域里的歌手。

我喜欢那些水里的生物,看它们在海里安详地生活。

我觉得它们的歌声是蓝色的,虽然有浓浓的海腥味,却是在金黄而透彻的阳光下无拘无束地唱出来的。它们的歌声简单、粗糙,甚至低弱,低弱到只有它们自己能听懂和听见。

但我喜欢这种自由的歌,不为外界事物所骚扰的歌。

把自己擦亮成一盏渔火

浩瀚无边的海面上，黑暗覆盖着一切，只听得见一阵紧似一阵的浪声，轰轰轰地响着。附近的渔村，静悄悄的，还陷在沉睡之中。

是谁，点亮了第一盏渔火？

整个台州湾，就像被马蜂轻轻蜇了一口，夜也觉得微微的疼痛。这浅浅的光芒，生动而慰藉，从船上的木窗透出来，把整个深夜里的暗燃破。

谁都不知道是哪一家点亮了这弱小的渔火，在这夜半时分。是想起了出海的渔人？还是卸不下内心沉重的牵挂，抑或尘封的往事？静静的夜里，渔火燃烧的声音显得格外清晰，那吱吱的火苗仿佛在诉说着什么。也许，他们只是在祈求明天的安宁。

此时，风吹得有点大，大海像一个醉汉，被吹得摇摇晃晃东倒西歪，却一直找不到人来扶。风也把弱小的渔火吹散，把星星点点的亮光洒落在四处。甚至，风趁着围海的堤坝还在沉睡，携走了一小块亮光，把它带到更暗的地方去。风，要去照亮那里。

　　也许，没有人会在意，在这苍苍的海面上，一只渺茫的旧船上亮起的渔火。

　　也许，只有风在意这一只渺茫的旧船上亮起的渔火。

　　也许，只有海在意这一只渺茫的旧船上亮起的渔火。

　　也许，只有我在意这一只渺茫的旧船上亮起的渔火。

　　这渔火亮得缓慢且凝重……就像一个心虚的盗贼，蹑手蹑脚……拖着身子没入暗夜。可是这渔火亮起以后，吸引了无数的水浪聚拢过来。这些水浪仿佛活了一样，仿佛鱼一样，游到船边。船只是默然的，没有声响，只是吃水越来越深，好像随时都有淹没的风险。风也越来越狠，把渔火吹得有点黯淡。

　　可是，大海之上，那亮光，虽然状如芝麻或针尖，却一直明亮着。

　　即便黑夜如此降临到生活身上，我，也会取出梦想的火柴，把自己擦亮成一盏渔火。

梦想的唯一理由

很多物或事,都会恍若渔火,从一盏、一把,燃成了一粒、一点,最后仅仅剩一缕青烟。

多年来,我的热情也是这样缓缓地褪尽。在生活的海洋,我不及遗落岩缝里那只想回归大海的螺来得执着,我没学会像沙洞里寄居蟹那样隐藏着内心。这么多年,我的忍耐在减少,像被磨损的破帆,渐渐无力抵御狂风的怒吼。

那些尘世间淹没我的烟火,让我不能把真实的面孔,擦洗得像月光一样洁净。而能够被月光或一盏渔火照耀着,这是我继续存储梦想的唯一理由。

有时,夜黑得像船帮边悬挂的几只旧轮胎,悄无声息。台州湾对岸的村庄忽隐忽现,几家渔火淡淡的,似我内心可以忽略的小小念头。而沉沉的浪声,一记一记,重得却像岸边的铁锚。

这夜,黑黑的。

我们的生活有时也这样,陷入暗暗的世界,像有一根无形的缆绳,紧紧捆住自己。再怎么挣扎,总有如涌潮一样的力量,砸伤我们。

恍惚中,只是那隐隐的渔火,还亮着。有低低的渔歌,从岸边平瓦房里幽幽传出。连夹在岩缝里的泥螺,我也看见它们努力的身影——那么,这黑黑的夜,我还会惧怕吗?我的心只要阔得像这海,还有什么不能容下?

是的,我知道有一支舒缓的渔光曲,一直在我的内心无声地流淌。

那是为陌生人谱写的旋律,沉重的歌声,闪着暗夜里月亮的光。那是远远的隔岸唱起的歌,是一艘停靠在灯塔下小帆船的甲板上渗出的歌,是码头边破瓦房里漏出的歌。那也是浪拍打着浪,推挤出的凝重的歌。

或者,那是出海的渔民哼过的曲调,在浅浅的渔火间,清晰而明亮。

我也要学着唱起这样的渔光曲,即使它粗糙,时不时扬起浓浓的海腥味。我始终把它当成大海的摇篮曲,用最真诚的内心,抚平海的创伤。

潮水合唱团中的几个破音

整片海开始骚动不安,它的波澜不是起在内心,而是呈现在裸露的外表上。一波一波的潮水,向岸边涌去,如同一支庞大的合唱团,飙着高音,呼啸着。

所有的潮水起起伏伏,哼哼哈哈。它要把这首歌献给天地之间。

黄昏缓缓拉开这场歌剧的帷幕,让这激情的氛围降临,覆盖在所有的事物之上。

静默的堤坝,准备拦截。

高涨的潮水不断变换着美声、民族、通俗的唱法,更换着队形——一字线、十字线或平行线、交叉线,试图以各式重组的阵形来超越最高音,以吸引领唱者的注视或回眸。

海面上,仍有几艘摇晃的船,如这潮水合唱团中的几个破音。

可是这破音在浪涛中顽强前行,阴霾下,它降低着潮水合唱团的音调,无畏地抗争着,毫不惧怕肆虐的风浪。

岸边,我可以听到大海唱出二十四度半的音域——以星星的惊呼作为三度半的假音。

在潮水触及最高、最宽音之前,所有的旋律却又瞬间收敛,海的歌手们也原地散去。它们缓慢地后退,按六音步或顿的节奏,直至,沉入最低音,或仅仅剩下:平……仄……

而我,望向海面上几艘摇晃的船,拼命地呼喊,想成为潮水合唱团中的几个破音。

轻吻一下夜幕中闪烁的星星

对诗歌了解越深，就越觉得诗歌所包容的事物巨大。而对这种包容性的理解，往往与一个人的生活习性、习惯和地域有关。

从学生时代开始，我就喜欢听歌，喜欢那些具有独特个性的音乐，如郑智化、赵传、高明骏、姜育恒等人的歌曲。他们的歌曲富含着低沉、忧郁、孤独、伤感、寂寞、独白……这些是很容易与青春和艺术纠缠的词汇。

刚参加工作拿到第一个月的工资后，我就去买了录音机和大量的磁带，以及书籍——这是对自己第一次拥有可自由支配的货币的一种发泄，也是爱好得到释放的一种体现。

后来儿子学钢琴，我对音乐也有了更进一步的接触与了解——不仅仅是停留在听上面。我触及了八度音、节拍、假声、高低音谱号、升降音、黑白键……因此，对音乐的喜欢，让节奏与韵律渗入了我的诗歌。

美的建筑，不是平整的，而是参差不齐的，但这种参差不齐不是杂乱无章，它有自己内在的规律。我想，语言的外观形式,也需要类似建筑的美学形态。长到哪种程度,短又如何;逗号、句号、破折号、省略号如何运用;怎么分行与分段——这些都需要对一首诗进行构造方面的思考。

而这大海里的潮水,看似自由来去,毫无顾忌地汹涌,其实,它也有着自己潮涨潮落的规律。如果以抒情的眼光去看这潮水,它的规律就成了一种韵律。

月光谣、催眠曲、如歌的行板、弥撒战歌……不管是几度音,它都毫无畏惧地唱着,把自己顶得高高的,想实现轻吻一下夜幕中闪烁的星星的脸庞的梦想。

只要不放弃,我想,会有那么一天的!

移动一枚针的距离

　　很多次,站在台州湾的入海口,我都想寻找到大海的歌唱。我渴望宽阔的海面上能够涌起雄壮的波澜和惊奇的浪涛,哪怕这些海水浑黄,还带着肮脏。

　　很多次,我只见到阳光舒服地照着海面,陈旧的船只划开一道开汊的水路。

　　笨重马达声突突突地响着,全部砸进了海里。而在船舱里晃动着的人影,黝黑、瘦小,身形在风中抖动着。

　　很多次,我想在岸边的礁石缝里找出歌唱的寄居蟹,学习它们的低调和无欲。它们躲在海的后面,不愿意面对暴风与狂涛。但它们很努力地攥住潮水的衣襟,让自己不至于在严冬的枯水期,萎缩成一堆影子。

　　很多次,我也想在海水退却的沙滩上,找到那些仍想游回大海的贝壳。那些贝壳大小不一,形状各异,深深地陷在沙砾之间。但它们都有着自己小小的梦想,还有一些坚韧的努力,它们一直渴望着游回大海。也许,直到斜阳收回光亮的馈赠,整个黄昏降临,它们仍没有移动一枚针的距离。

是啊,有时候,万般的努力都没有让我们移动一枚针的距离。但是,只要能够有一枚针的距离移动,我都愿付出万般的努力。

　　是啊,很多次了,我一直在海风中倾听着。

　　我渴望听到歌唱,哪怕这歌唱里有着苦涩和凌乱,更有着浓浓的海腥味。或者,这是衰败且粗糙的歌唱。我都认为,这些歌唱能让我羞愧,让我羞愧于自己的苍白与浅显。

　　很多次了,站在台州湾的入海口,我只见到暗夜里亮起浅浅的渔火。那些不知道是谁轻轻哼唱起的渔家小调,落在海水里,重重地溅起浪花……

来自生活的节奏和旋律

每一个人都有自己的歌,每一样事物都有自己的歌。哪怕是有些歌雄壮嘹亮,有些歌渺小低弱,但都是从自己的内心奏出的旋律。

而海在唱着什么歌,那些出海的渔民在唱着什么歌,我对此有时候久久找不到答案。

海面上,有一抹黄昏的光线拖过,仿佛是天空撒下的一大把金币,任由大海去挥霍和慷慨。偶尔经过的船只,任由粗壮而陈旧的马达声毫无顾忌地响着。

那些站在船尾看着天气或收着渔网的渔民,被阳光晒得黝黑。他们会为将要到来的恶劣天气和雾霾担忧,或为空空的渔网及鱼篓叹气;他们也会为放晴的天空嘶吼,为满船舱的鱼、虾、蟹而咧开干燥起泡的嘴唇,拍拍自己敞露的胸膛。

他们在自由地唱着歌,唱着自己的歌。

有时,即使是最无助的事物,也有着自己的歌,为生活、为梦想而努力的歌。

那些攥住潮水的衣襟的寄居蟹,那些努力了很久仍没有向大海移动一枚针的距离的贝壳，它们不管周遭的世界是否寒冷，总是不放弃地向着自己的目标前进。它们即使遇到苦涩、凌乱，也不言放弃。

暗夜里，台州湾的北岸总会亮起浅浅的渔火。微弱的火光在海风里忽隐忽现，几乎要被吹散。可总有轻轻的渔歌响起，那是来自生活的节奏和旋律，在海面上荡漾，在我的心里盘旋。

我的心扉总被这样的渔歌唱开。

一粒沙子搂着另一粒沙子歌唱

　　从三门湾到台州湾,再到乐清湾,海岸线曲曲折折,沿线更多的是礁石、滩涂、矮山或者堤坝。沙滩,是很少有的。

　　那些沙砾的前身,是海里的岩石,随着日月变迁,风吹浪打,慢慢变成细小的沙子。在这细小的沙子里,隐藏着太阳的光、月亮的光,以及渔灯的光,隐藏着狂涛声、马达声,以及鸥鸟声。

　　它们将几千年的岁月浓缩于一粒。千年岁月中,沙子孤独于海岸线一隅。

　　沙子被不断冲刷着,裸着光溜溜的身体爬上岸。在海里,它们会被忽视。在岸上,它们觉得会找到属于自己的位置。上岸的沙子搂着另一粒沙子,一脚蹬退大海,在咸味的空气中自由地呼吸着。它们还想歌唱,自由自在地歌唱。

　　沙子在岸边聚集,躺在阳光的手指上,或者躲在花蛤的壳里,或者在游客的脚趾间挤过。它们放开自己的身心,随心所欲着。风来的时候,沙子会翻几个身;浪来的时候,沙子会掬一把海水擦擦自己的脸。有时候,沙子也会退回海里去隐藏一阵子。

爬上岸的沙子,看着蔚蓝的海水一步一步走近又离去,不断冲刷抚摸着自己,仿佛觉得自己就是大海的种子。

是大海,将自己的种子播撒到岸上,想种出另一片海。

当春天在最后一朵花上死去,沙子会歌唱;当沙子为了另一片海而离开这片大海,沙子会歌唱。沙子会把这一切当作新的开始。

每一粒沙子都坚信自己能从大海爬到大地,每一粒沙子都会搂着另一粒沙子歌唱。

种出一片大海

人有时候就是一粒沙子，一粒无助的沙子。

可能被挤压、被放弃、被仇恨、被嫉妒……沙子所遭遇到的一切都有可能在人的身上重演。人有时候穿着衣服，却像沙子一样在别人的眼光或心里裸露出了最隐私的地方；想呼吸，却是咸味的；想实实在在地拥有一双厚实的手掌，却是躺在虚幻的手指上；想在玫瑰、露水和杯盏的交错间穿过，却无奈游弋在别人散发着臭味的脚趾间……

我们想拥有大海，大海却走近又离去。

有时候，我们的梦想很伟大——甚至，感觉自己是大海的种子，只要努力，就能长成一片大海。

很多时候，生活让我们哭，让我们绝望。

可是，很多时候，我们还在坚持着。想爬上天空，成为一颗星星。

在我的身边，有很多有梦想的人，他们不断努力，不断坚持，哪怕失败了，也愿意重新再来。他们像沙子一样，一无所有的时候,也会搂着另一粒沙子歌唱。

我愿意相信,再坚持一会儿,沙子也能爬上天空,成为一颗星星。

愿你也相信,自己能成为一颗星星!

如果内心涌出爱和善良

起风的时候,大片的云朵会压过来,这时,天就会黑得很快。

而我,站在台州湾的入海口,看着芦苇丛不断被压低身秆,海水拍打堤岸的声音越来越响。我总在这样的时刻,趁着海平面上还撒有一小把阳光的金币,在多风的坝头再站一会儿。看看近处的船只靠近码头,把铁锚抛入水中;看看远处的灯塔开始闪烁亮光,吸引星光的加入。

太阳从海面升起,这一刻,星星将从山顶落下。我喜欢这种亘古不变的轮回,黑与白、阴与阳、昼与夜之间的交替虽然是亘古不变的轮回,可在这轮回中,不断生长变幻。

台州湾附近的海,浑黄,偶尔漂浮着酒瓶、木板和鱼蟹的尸体。有时候我在岸边走过,斜斜的夕阳照下来,把我的身影拉得很长很长。我就会一直这样走着,让风吹着我的内心。天渐渐暗下来,好像我把垂暮的光线扛走了一大块。

静静望出去,会发现海平面在抬高,而天空越来越低。那曾经离我远远的高高的天空,似乎越来越低,让我的心,一阵阵地萌动。

风吹过来,吹来了黄昏,黑暗也大片大片地压过来。那些亮,被推挤着,渐渐藏入了我的内心。我的内心,也因此变得温暖。

如果是一个内心贫穷的人,给他整片海,也会被一颗沙砾吸尽。

要做,就做一个有内心的人。就像我看见的,这么多年,海搀扶着那艘跛脚的船,划开平坦而宽阔的面颊,即使流出了血,也用血来覆盖。

如果内心涌出爱和善良,一滴水,就能让干渴的人感恩。

就如岸边的礁石缝里被紧紧夹住的泥螺,它始终在坚持与等待,它坚信自己不会被丢弃,它坚信有一天自己会离开这里,因为它知道,海已找了它,很久。

海也读我的沉默

黄昏来临的时候，我们的心也会暗下来。

黑暗本身也是一种催化剂，会把我们内心深处原本隐藏或压抑的一些黑色或消极部分或多或少地催生出来，譬如懒惰、仇恨、嫉妒、彷徨，又譬如冷漠、混乱、哀怨、寡欢……黑暗中，这些冰冷的词汇所营造的情绪让人无处可逃。

可是有很多人喜欢黑暗。在黑暗里，没有人能看清他们的面目，没有人能知道他们的内心是藏着凶狠的大鲨鱼还是温柔的海豚。他们戴着面具，抵挡着阳光的照射。他们是内心贫穷的人。

内心贫穷的人，给他整片海，他也会丧失。海的辽阔与肃穆，海的深沉与宽旷，对于内心贫穷的人来说，都是遥远的事物。

我喜欢看海，在堤坝上或码头边，在甲板上或船栏边，看静静无语的海，看海搀扶着那艘跛脚的船只送它回家。看平静的海，内心会涌出无限的爱与善良。

我读着海的沉默的时候，海也读着我的沉默。我们相读两不厌。

　　我知道,如果我是一只被大海遗落的泥螺,海也会不停地找我——不管多久!

春天派出勇敢的排头兵

　　黄昏临近,缓缓的浪声有了银白色的歉意。它为压垮几只贝壳上岸的意志,为延迟几丛芦苇倾倒的顾虑,而感到心有不忍。

　　海岸线上,很多事物突然活络起来,随退去的潮水一步一步向大海靠近。钢草、碱蓬草、互花米草争先恐后地生长起来,要占领更多的泥涂。就连远处滩涂上的那一间矮木屋,也狠劲往潮水的来路够去,紧紧望向大海,几乎,就要挤出了夜色。

　　是春天要来了。

　　掌灯时分,一切都若隐若现。跨江大桥雄伟的身子陷入夜色里,长长的堤坝延伸着,要到夜色里去寻找春天的气息。那一间矮木屋,关闭了自己的嘴巴,它怕自己急促的呼吸间透露出浓浓的海腥味。

　　站在远远的风口,看见那一间矮木屋,它仿佛在海边移动,有着比夜色更黑的黑。我会以为,它是春天派出的勇敢排头兵,在略寒的时刻,以谨慎的身姿,向海挪近一寸……一寸……

春天,是否也在试探着世界对它到来的态度。

而就在那一间矮木屋里,有几次,我见到男人的身影晃进晃出。他背着网或是褪色的船桨,轻松地走在泥路上。更多的时候是对着太阳,走向海,一只狗在他身边撒欢,忽前忽后,极不安分。有时候他经过泥涂,溅起的湿润泥巴,死死咬住晃荡的睾丸。

在这一片海湾,原本用于养殖的滩涂已经僵硬了几个月,现在,要被春天派出的排头兵唤醒。同时,也要唤醒不远处芦苇丛间的虚幻和大海的深邃。

虽然这间矮矮的木屋只有简陋的结构,黄泥筑起的墙壁,覆盖着屋顶的油毛毡,破旧窗户,有一扇的左上角还缺了一片玻璃,可它承受了整个冬天孤独与寒冷的考验,它一直走在迎接春天的路上。

海,将它当成不肯入睡的孩子一样哄着。涛声一波一波,轻且有韵律。

这是春天的节奏。

远处的船只和大海的深邃

在这一片宽阔的滩涂上,矮木屋就显得更矮了。

如果从更远一点看过去,它几乎就和滩涂上的那些垄泥贴在一起。风过来的时候,似乎随时可以把它从自己原先的位置上移走,或是吹到半空去。它挡住了凌晨和黄昏的阳光,产生的那一小片阴影在一天当中围着木屋转动,把它牢牢地划定在滩涂中间的这一个位置上。

矮矮的木屋里住着一个男人。那是一个养殖蛏、螃蟹和一些贝类的男人,他靠养殖这些来养活自己和整个家。每天进进出出,他不带着女人,而是带着泥巴和浓浓的海腥味。那些泥巴和浓浓的海腥味依附在他的斗笠和衣服上,依附在他脖子上,依附在他爬满青筋的手臂和粗壮的小腿上。他毫不介意,还乐此不疲。他喜欢这些泥巴和浓浓的海腥味,仿佛它们是他一整天的快乐和安慰,是他在这个世间无法分开的伴。

矮木屋在白天、夜晚,在阳光照耀下、黑暗吞没时,在海风吹拂时、暴雨狂打中,都是一样默默地孤独着。孤独地看着这个养殖蛏、螃蟹和一些贝类的男人每天进进出出,看着星辰与艳阳永远不能交会,看着潮水几次几乎就要淹过堤坝,看着近处的苇丛、小树林,看着远处的船只和大海的深邃……

有时候,养殖场里的男人和它一起孤独着:他靠在它粗糙的泥巴墙角,陪它一起说话,一起看着远方,一起默默不语。

这样的时刻,他们两个就像孩子一样,被海哄睡着了。

盐粒放弃苦涩的坚守

是时候写一封信了,憋在海里很久的讯息和心里很久的话语,都需要找一个倾诉的对象。

野鸭会在一口窄窄的塘面上重重戳上自己的蹼印,而等候在林间的邮差,明白这封暖暖的沉沉的信件要寄往哪里。海,离葭沚村短短三公里,中间只隔着成片的芦苇丛、几座小矮坡、一大片灰蒙的滩涂。

每年的这个时候,我都会去这里走走,沿路寻找春天的信息。

道路上有网箱拖过的印痕;缆绳的丝线被石块的棱角刮留下来;迎春花在流经村口的溪流畔绽放出点点的嫩黄;机帆船的马达不断尝试着启动;铁锚从水底探出头来,终于舒了长长的一口气;渔网间的沉钩早已被渔妇们擦得熠熠闪亮,湿漉漉沾满一身雨珠,拍得掉雨水却拍不掉浓浓的海腥味;晨间海鸟的鸣声更早也更密集;入夜后我行走的背影被星光拉得更长……

如今,是时候写一封信了,是时候放弃一些事物了。

如今,连久藏海内心的盐粒也要放弃苦涩的坚守了。

我的内心和身外的事物,都在为一封春天寄自远方的信而悸动。它告诉我们要松懈一些,要渐渐放弃缓慢、忍耐、黯淡、阴冷,要学会轻松、热情、持久、阳光。

在一个醒来的早晨,会发现海突然没了坏脾气,海面上,机帆船的马达声砸碎了冬的诡影。这样的消息,对于存储了一冬力气的老渔民来说,确实过于奢侈。

此刻,我注意到岸边,平常的沙粒也突然有了光。我知道——

那是春天的礼物!

春天的雨水只会下得越来越蓝,直至整个海面都在监色里闪烁。而我,在码头边久久站立,喜欢盯着起伏的波涛,想着如何能写上几行微温的小诗。或者,在海面上躺着,享受着轻轻的摇晃,期待大海把我轻轻抱走。

一个小小的约定

冰雪在悄悄融化，天气在渐渐转暖。最先感知到这一切的却不是我们，而是一只蹩脚的丑小鸭。它摇摇晃晃着走出笼子，钻进了那一片还刮着风的树林。那里有一口小小的池塘在等着它。它们之间，曾经有一个小小的约定。或许是在去年的春末，或许是在去年的初冬，它们就有了藏在心中的属于彼此的小小的秘密。

这秘密不是白纸黑字写成的信函，也不是系在云端的香囊锦书。这秘密在它们的相互感知里。

什么都开始松动了，尘封的往事、固执的脾气、久谈不下的爱情……甚至连大海里的一粒盐也要放弃对苦涩的坚守——要知道，这可是它一直的秉性。因为春风寄来了温暖的消息，告诉世间的万物，赶快悸动起来，属于你们的季节就要到了。

马达声也响起来了，船老大的嗓门开始变得粗犷，海水拍打礁石的声响也越见嘹亮。那些声音，似乎是某一夜之后从树林里的枝杈间、泥土的缝隙里、河水的波纹中、凌乱的岩石堆下、田野的稻草垛里钻出来的,毫无先兆和预示。只是突然地,涌到了你的身前和身后,让你也猝不及防。这是怎么了?

然而这一切都是在那一只蹩脚的丑小鸭摇摇晃晃地下到那口窄窄的池塘之后发生的。似乎从那一刻起,这世上的一切都变了。

冬天的诡影消失了。岸边平常的沙粒突然有了光。海突然没了坏脾气。因为暖暖的,每个人,都想躺在大海的波涛上,想一些爱、恨、情、仇,想一些无聊的事……

多愿想着想着就睡着了,忘了大海深处的残酷与凶狠。

南渡船只上一起南下的蚂蚁

因为一个皇帝来过这里，这里才遗留了许多的典故与地名，尽管皇帝是带着不光彩的历史南逃。

在东海边有一个叫江口的小镇，是灵江、永宁江和椒江的交汇处，也被叫作三江口，距离海十公里。

南逃的皇帝叫赵构，他在这里乘上车，继续南下，人们就将这个村叫作上辇。或许，在多年后，赵构根本想不起还有这样的一个海边小村落。

在一个僻静的村子，皇帝封了妃子，也许是很多的妃子。这个村现在叫上封村。或许，在多年后，赵构根本不记得封过谁。

或许，皇帝在一个叫白石的小地方，停车拉尿，也可能看了一会树林间的风。后来这里叫作白石王、白石车。

皇帝在章安登上金鳌山，他望了望江山，也望了望缓缓东逝的江水，感到苍凉与无奈。或许，在多年后，赵构对这样的一个夜晚也没有可以寻觅的踪迹。

皇帝赵构来过这里。后来，李清照也来过这里，她捡拾起些许的破碎、飘零和梅枝上的寒风；她饮尽自己的清泪，醉在清平乐里。后来，文天祥也来过这里，到处寻找典籍与慨叹，他想找到一些让江山斑驳、支离的理由。

皇帝赵构在这里驻跸十七天，还过了元宵节。成千上万盏的小橘灯，漂流在椒江的水面上，一直漂流到东海。水面上点点燃烧的烛火，仿佛燃起的战火。

皇帝赵构在这里忘了砚台与宣纸，忘了苦痛，也忘了南渡船只上一起北下的蚂蚁，还在苦苦挣扎。

这么多年，很少有人再记起。

我们的孤独或许是一样的

酒仙说:唯有饮者留其名。文人说:唯有写者留其名。历史的长河涛翻浪涌,淘尽了多少功名利禄与繁华。留下的是什么? 唯有尘土还在,地位、权力、欲望、容颜、财富都灰飞烟灭。

古镇章安,就位于台州湾北岸,与主城区椒江隔江相望。往前数,章安最早为扬州之域,历夏商周至春秋,为越国瓯地;到汉武帝时,朝廷在原东海国故地设置回浦乡,属会稽鄞县。公元前八十五年,以回浦乡设置回浦县,管辖的范围大致相当于现在的台州、温州、丽水。章安南面有一座小山,形状奇特,远远望去,很像是一只朝东方的大鳌龟,称作金鳌山。金鳌山不高,却很气派。山上有宋高宗南渡驻跸遗址。一一三〇年,宋高宗赵构避难乘船到明州,正月初二舟至台州湾外牡蛎滩,晚泊金鳌山下,正月十八泛舟去越州。

我看到一个来过这里的皇帝被尘土重重倾轧。

紧接着,一代才女李清照为躲避战乱,也南下避难,路过金鳌山,写下了《清平乐》词一首:

年年雪里，常插梅花醉。挼尽梅花无好意，赢得满衣清泪！

今年海角天涯，萧萧两鬓生华。看取晚来风势，故应难看梅花。

而南宋末年，文天祥自元营脱险，从海上航行经台州湾时，面对大好河山，写下了《乱礁洋》一诗：

海山仙子国，邂逅寄孤蓬。

万象画图里，千崖玉界中。

风摇春浪软，礁激暮潮雄。

云气东南密，龙腾上碧空。

船至金鳌山下，他又写下《夜潮》以见意：

雨恶风狞夜色浓，潮头如屋打孤蓬。

飘零行路丹心苦，梦里一声何处鸿！

登临金鳌山，哭拜当年高宗驻足处，感慨写下了《入浙东》一诗：

厄运一百日，危机九十遭。

孤踪落虎口,薄命付鸿毛。

漠漠长淮路,茫茫巨海涛。

惊魂犹未定,消息问金鳌。

　　站在章安古镇剥落了油漆的屋檐下,风不时地吹过来。远处有几声犬吠,警示着一个陌生人的进入。曾经冒腾着炊烟热气的大院如今只剩下破败的地基,不知是谁家放养的一群鸡在那里寻觅充饥的虫子。老人们在家门口晒着太阳,额头上的皱纹像一条一条蚯蚓,缓慢地想延到脸颊上去。我倒是担心,在泥地上寻觅食物的那只最大最雄壮的公鸡突然跑过来,把老人额头上的皱纹当成蚯蚓猛然啄去。

　　当铺、药铺、医堂、五金店、布匹店、裁衣店、玉器店、首饰店、陶瓷店、家什店、米店、酒坊、竹木摊、水果铺、客栈……张鼎丰南北货,王同德南北货,福星医院,公济医院,五州大药房分销处,方隆盛、方万盛、丁春生、同仁春、方亦仁诸药号,张鼎丰、益生、叶顺利、卢福记糕点,叶宰登、池锦春、叶合利百货,永成百货,叶元亨杂货,黄裕泰典当,叶义大染坊,余永丰、余永盛染坊,卢阜昌、卢聚元、李福兴酒坊,卢庆祥号时样首饰,在这些依稀还能辨认出的老字号招牌的门口,我似乎看到了曾经的繁华和当年的兴盛气息。

　　阳光下,风中,可以想见当初的拥挤与叹息,欢笑与争吵。

那一座桥,那一块石板,那一张石凳,那一张木桌,那一扇门,那一杆秤……还留着有人走过、跑过、停过、靠过、坐过、喊过、哭过、笑过、骂过的痕迹。

我一个人在这海边的章安古镇走着。走着走着,感觉到了孤独。如同这章安古镇,也是独自在岁月里走着。走着走着,也感觉到了孤独。

我们的孤独,或许是一样的。

一个跺跺脚转身燃火的人

昨夜,破旧的机帆船已驶回码头。

整个冬天太冷了,尤其是凌厉的海风,它是携带着锋利的刀子吹向岸边的。在这十二月的码头,严寒就驻扎在不远的滩涂上,随时会恶狠狠地扑向你。如果待到天明,你会发现,整整一宿,枯黄的苇叶俨然失身于凉凉的晨霜。

那些从海上归来的人,带着沉闷和荒凉,忧郁得都不像他们自己,而我甚至不敢看他们的眼睛。那些深邃的目光,透出浅浅蓝光的眼睛,如同从大海里打捞出来的一样——这是生活与时光给他们的馈赠。

一切似乎都是匆匆忙忙,不肯花费多余的时间与精力去完成日常的事情。铁锚匆忙着沉入水底的淤泥,缆绳匆忙着缠上铁柱,箩筐匆忙着倾倒出鱼蟹和贝壳,渔民匆忙着交易出海后的收获,鸥鸟匆忙着掠过凉凉的海面,脚步匆忙着赶回燃着渔火的小村庄。

小货轮突突突的粗嗓门被冰冻于闲散的码头,在整个冬天里沉寂。就连昨夜雨水滴滴答答的噪声,也渐渐低垂。

我,有时会耿耿于怀,那些在避风港杂乱停靠着的一排排船只,比我的诗,更多了些忧郁。

或许,正午最轻微的风,也能把我的心掀翻在码头。

看来,我只有剁碎苍白的生活,才能探取到欢乐的秘密。

在这冬日里,最温暖的一刻,是海上孤独亮着的灯塔,它虽然摁痛了海灰白的面颊,却沸腾了深夜里归航船只的激情。

当整个码头都躲在海的背面不说话,那我该不该,原谅一只躲进岩洞的花蛤,原谅它的隐藏与忍耐。

或者说,对于一个跺跺脚转身燃火的人,我还该不该原谅。

孤零零的桅杆伸向寂寞的天空

海里没有什么他所需要的东西了,他归来时两手空空:空空的船舱、空空的箩筐、空空的网箱、空空的眼神、空空的叹息、空空的脚步声……因为冬天的沉寂与荒凉,捕鱼人的收获像这个季节阳光的热度,日益减少。

一切都是静寂的。海上,礁石少了浪涛狠狠的撞击,小货轮少了雄壮的马达声,帆少了猛烈的海风,暗流少了无休止的涌动,鸥鸟少了飞翔的念头。岸边,水产摊位前少了交易的争吵,台阶的边角少了绿苔的光顾,滩涂上一个隐秘的小小洞口少了寄居蟹的探头,渔民的胸腔里少了呐喊,排档角落里的桌底下少了空酒瓶的猜拳,连渔网间的沉钩也少了拼搏的冲动。

那个出来的人,只是跺跺脚,又转身回了屋内。外面的海风里,藏着的不止一把刀。火在屋里,温暖在屋里,自己喜欢的女人在屋里。

冬天,在闲散的码头,如果我一个人走着,我真怕走成一条风干的海鲜制品。浓浓的海腥味也被冰冻住了,冷冷清清的码头,几十艘泊港的船只紧紧挤靠在一起取暖。孤零零的桅杆伸向寂寞的天空,哼出的全是 do、do、do、do 单调的节奏。

生活也本是这样哼着 do、do、do、do 单调节奏的。有时候,因为意外或刻意而打破了这样的单调。有人弹的节奏悦耳,有人弹的节奏成了噪声。

扶着海风站立

海是一首歌，一首充满了各式曲调的歌。

这首歌有不屈与抗争，有顽强与搏斗。这首歌日夜不息地唱着，不断吸引着更多的人去倾听，去赞美，去沉浸其中。

我常常赞美海的平静与辽阔，就像赞美自己舒缓的内心。我常常歌唱海的雍容与大度，就像歌唱每一个幸福的生活。我也看到沙滩上一只缓缓爬行的蟹，为落日唱着迟暮的歌。而礁石缝里的泥螺，有着低低的歌声，虽然被浪声掩盖，但我知道，它的歌声是为着潮水无数次的磨难。

我也赞美每一朵泛起的浪花，我知道，那是海的呢喃。

不管海怎么对待它，我都歌唱狂潮下不屈的船只——我觉得这是一首勇敢的歌。

还有那只离海几步远的螺，推开身后的暮色想移回大海——我觉得这也是一首勇敢的歌。

而我，更敬佩那个扶着海风站立的渔民，他在狠狠踹了黄昏一脚后，转身钻进了夜色。在他的前方，起航船只的旧布帆已升得很高，马达声已响了很久。他要唱的，是一首顽强的歌。也许他要乘着月色出海,要追随退却的潮水,一起与风浪搏斗,想成为闪着银光的快板。

我总以为,只要浪足够高,心足够勇敢,就能让沾满海腥味的星星,也唱出无惧的歌。

或许,海也有着酸楚的歌。但这些歌不是教堂合唱曲,也不是弥撒战歌。也许只是海岸线边长长的小夜曲,是一首祈祷的歌、等待的歌。

而那一首比归航的渴望更持久的歌,是母亲的炊烟曲,是年轻的妻子补网的渔歌。在这歌中,她们都一样忧愁,并且沉默着望向深并阔的大海。

沾满海腥味的星星

狂风和巨涛唱着自己雄伟的歌。沙粒和泥螺唱着自己柔弱的歌。不管是高八度的进行曲,还是低八度的小夜曲,都沿着海岸线曲曲折折深深浅浅地鸣奏着。

海的歌,有时用潮水来表达。当潮水拥挤成庞大的合唱团,就开始掀起大地的骚动。而月亮是领唱,黄昏是拉开这场歌剧帷幕的背后之手。海会推着一波一波的浪冲上岸,潮水则不断地喊着:涨吧!涨吧!涨吧!

一列一列的歌手,持续飙着高音。从一个八度,到两个八度、三个八度。接着,是四个、五个……直至堤坝作为一个阻碍物拦截了第八个八度。而高涨的潮水意犹未尽,不断变换美声、通俗、民族的唱腔,试图以各式重组的阵形,超越以往出现过的最高音。

我站在岸边想着,那些所看到的,并愿拥有的,歌声里透出的无惧的勇气与抗争,坚韧与执着,是否如夜空中那颗沾满海腥味的星星一样,不断闪烁,成为最亮的一颗?

在海边,母亲的歌是什么?妻子的歌又是什么?是炊烟曲？是盼归曲？是期待？是忧伤？我希望海的歌声里充满幸福生活的曲调。

我愿为此坚守，直至拥有。

把内心弹奏到最宽广的音域

站在台州湾畔,面对东海,面对着苍茫无限的起起伏伏的海面,我多想倒出血液,再灌满海水,让自己的身体里,从此激荡着盐的歌。这些沾满粗糙、腥咸的歌,其实就像我的口音,来自东海边一个僻远小镇的口音。它有着滩涂一样的秉性,绵软却蕴含内劲。

在这一片海域,隐藏着咳嗽的渔船、微颤的码头和轻晃的苇丛,它们在海风里显现自己,毫不掩饰自己的过往与现在。

在我心跳的周围,有着一群为爱拼搏的朋友,他们日夜奔跑,把自己内心的渔火点亮,冲破黑夜与阴霾。同样,在我心跳的周围,也有着不知疲倦歌唱的鱼、虾和贝。我内心甜蜜的灯盏,是靠近他们唯一的理由。

其实,我还有赞美的理由。海平静下来的蓝,能涂抹大地的荒凉。

生活中,有一些疼痛和小小咒骂,也有一些莫名的唏嘘。面对它们,有时候如同面对一阵转瞬即逝的风。但是我知道,我也要站好自己的身姿,以最坚强的姿态,迎接一切。

我知道我不能停止对幸福的渴望,我一直有着涨潮般的推力。我面对大海,一滴海水,就能轻易砸碎我泛滥的欲望。

站在东海一隅,我一直试图用内心的触角,去丈量一下大海的宽度与深度。我一直把拥有曲折海岸线的台州湾当作自己的左心房,或者右心房,随时都在我的胸腔中跳动。

夜幕下,或在晨晖中,站在堤坝上远远望去,大海就如同一本厚厚的乐谱。而那些散落在海面上的船只,缓缓航行着,像极了几个陈旧的重音。

每当斜阳在海面上轻轻洒下舒缓的和弦,浪涛的音质里,仿佛蕴藏着冷静的春天。

只是,这样的时刻,我都不知道该把钢琴安放在哪个角落,才能把内心弹奏到最宽广的音域,才能把生活飙到最高音,才能找出苦难背后暗藏的快乐。

一片片鱼鳞闪着细小的光

出海的时候，机帆船在海面上不断颠簸：远远的，只是海面上的一朵浪花、一个黑点；更远些的，就不能在海面上显现了。

马达响起的时候，他辨别着方向，用肉眼来确定坐标。他的两只手紧紧摇着一支橹，像一个战士利索地上弹、推膛，然后扣动扳机。不远处响着波涛声——而在近处，在船体周围，海水的撞击就像抽着一记记耳光。每一记的响声都是那么干脆又清亮。

他是大海的儿子，如果可以，他宁愿倒出自己的血液，然后灌满海水。他喜欢那些粗糙和腥咸的味道，喜欢盐的秉性。

此刻，他只是缓缓地……沉沉地……摇着橹。

他紧绷的腰和臀部来回移动。弓起的背，微微弯下，又以一种固有的节奏晃回原位——就像是固定，或固执地弹着海面上的某个音符。哆……哆……哆……或咪……咪……咪……

他非常习惯海面腥咸的气息，那种气息或许是他生命中不可或缺的。他深深呼吸着，似乎想让这种气息进入身体以后漫布每一个神经末梢，和自己浓浓的血液融合在一起。这会让他的血液更加汹涌奔腾。

他穿着高筒雨鞋，系着粗糙的皮质围裙——那里有一片片鱼鳞闪着细小的光，还有一点点的冰凉。

他在海上航行，他把扁扁长长的橹切入海水，像我在书写温暖的诗歌。他教我怎样握好手中的笔，像在大海中摇稳橹——找寻生命的意义！

磨光一粒盐

　　我该站在哪里,寻找到哪个地址,才能做好打磨一粒盐的准备? 海风自顾自地吹着,毫不理会码头、堤坝和我。我只是执着于那个春天的地址,在心里想了又想:灯塔、暗礁、船舱、波涛间……

　　在阳光浓郁的午后,海面上蓝色的口信也已捎来很久。是收信人一直没有拆封的勇气,他在期盼着,信中所写是自己所愿。

　　可是无论如何,我不能再做任何的掩饰了。我要将野鸭下塘的讯息、礁石受潮的内心、灯塔瞭望的目光、春天的编年史,统统告诉海……

　　我会在手心里紧紧握住一粒盐,逼出腥咸的秉性,然后带着微笑的内容,用急促的语调,以黏稠的字体,靠着双桅船写下海风中的承诺。我要让这承诺,像一粒粒盐,在阳光下熠熠闪烁。

　　或许,是丛林里一场久等的雨逼迫我立下梦想的誓言,是海面上一只滑翔的鸥鸟诱惑我捧出尘封的等待。

或许,我要赶在渔具醒来前,磨光一粒盐,让自己的胸膛充满激荡的热量,让自己的喉咙发出粗粗的嗓音。

渔村里的母亲,已是彻夜未眠,她在舔了舔蒙了一夜露水的渔网后,派出了黎明的邮差。就在那一封信里,有人告诉我:

——啊,咸了!

——啊,暖了!

——啊,潮了!

隐约舔到了盐的味

春天来临之前，她们都会在自家门口或是一片阔阔的沙滩上修理长长的渔网。一个、两个，或者三个、五个，都是女人。她们的男人出去喝点小酒，以消遣冬季的无聊或多余的精力。而这样的消遣，也似乎是为着明年出海捕鱼积攒无穷的劲道。

每每从春天开始，他们要花费自己的岁月和生活。

有阳光的午后，她们收拾完家里的一切，就会出来，把渔网在自家门前的空地上长长拖开，提起又放下，仔细搜寻着破洞。因为来回转身和上下起伏，屁股下的竹椅会不时发出吱吱呀呀的声响。她们用手里粗长的梭子和尼龙线嵌补着那一大片破洞，指肚粗糙并伴有豁裂。她们熟悉网间残留的腥咸味，甚至觉得做着这样的工作，仿佛在承受一场祈祷的使命。

阳光钻过细细的网眼——泥污和渔腻再不能随意依附在网上，落满一地。有时生活也一样，轻轻一提，就掉落了很多尘封的回忆。

她们可能更熟悉尼龙的味道:穿着单线或双线的梭子完成一次次上下或左右的飞舞;一张张晒干的渔网在风中摇摆着,扇贝或虎头斑的腥味更加浓郁了。其实,要在网片间找出破洞、裂缝和斜边的破裂,就像在夜里找出宁静和寒意。

在这冬日,她们试图摘除网上遗留的沉子,也许比冲着空旷的海呐喊更为容易。在宽敞的渔船停靠区,风不断漫延着冰冷的意图。她们也许会以此来断定,即使紧闭心扉,生活也有受潮、破损的一天。

而等她们结束一天的劳累,用手滑过略有点干裂的嘴唇,隐约舔到了盐的味道。

啊,沾满海腥味的春天,来了!

发自最纯净的内心

一望无际的大海,是它自己感觉到了羞愧。它的面颊带着浑黄的泡沫和化工污水、废旧塑料。是那条入海的椒江,深深蜇痛了它淡蓝色的脸。

有时候,我不敢站在堤坝上,即使是码头的台阶上、滩涂上的芦苇丛边、破旧的船尾上。我怕自己站得越高,看得越清,自己的心就会越悲伤。当然,我也怕海深深的羞愧。

海风仍在缓缓吹来,潮水仍在朝涨夕落,停靠在避风港的帆船桅杆插向天空,而城市的天空,布满了海腥味。

我知道,我应该相信大海,它仍用博大的胸怀和爱,藐视着一切。

面对暗礁、沉船和冬天的诡影,面对离去的钟声和死亡的征兆,面对空虚而寒冷的阴霾,大海总是沉默,坚守着自己纯净的内心。

我们要相信大海,无论它面对什么样的苦难,都会以自己的宽容去化解。海波荡漾,是它扬起的微笑;海涛汹涌,是它在洗涤自己的内心。即使落日沉沦,海也会托起又一个黎明;即使大海的深处埋藏着哭泣与呐喊,余晖也仍然会在海面闪着光;即使周遭静谧无声,大海也仍执着地蓝着。

因此,我相信大海的深邃与寥廓,不仅仅是呈现给天空与大地的。

我相信一粒盐是纯度为百分百的海。

我相信海不会虚伪与做作。

我相信夜晚的涛声无论多么嘶哑和低沉,都是发自大海最纯净的内心。

把下午蹲出了几个黑窟窿

即使昂刺头跃出了水面，垂钓者把下午蹲出了几个黑窟窿，我仍找不到我从前的光阴……

那些入侵者和破坏者；那些影；那些焦虑脸庞；那些高耸楼墙；那些一个少年封存二十年的石板路和木板房；那些咖喱、芥末；那些浓郁香水；那些让一张白纸醉得差点失身的霓虹；那些在城市边角存活的盐、泥、滩和烂鱼的味道；那些徘徊、迷茫及眩晕；那些暗处的窥视；那些现代化的伤害；那些拆迁；那些撞击着纯净心灵和眼眸的钢筋及泥石；那些把一个立体乡村压制成平面城市的推土机；那些鸣笛；那些小巷里的发廊；那些几次贩卖的水产；那些 QQ、网络、芙蓉姐姐；那些醉酒、虚伪、丑、恶……那些，不是从前的隔岸渔火、愁眠和江枫。

只有海的胸怀和爱，才会藐视一切。

至今，我仍深深地相信着大海，相信它不会虚伪与做作，不会沉沦与迷失。如同离海不远的黄琅东南角，有一座妈祖庙，每当休渔期的午后时分，讨海的汉子常去那里朝拜，他们相信那里充斥着的香火、鱼腥味和时间的碎片。

有时候海在低鸣,仿佛附近渔村里藏着管风琴的乐手。妈祖庙里走出来的渔民,虔诚地沉默着。沿堤路两旁遗弃着的船骸、破帆和废旧的木料,就像一场出海战争后退役的老兵。无论风雨如何肆虐,期待远航的勇气都一直在海边男人们的胸腔里蛰伏。

即使雨水来临,也会有更多的人去妈祖庙祈祷生活,他们都相信这一切。佝偻的阿婆和挂念海上颠簸的媳妇,有着一样的神色。她们强悍的内心,都有着脆弱的一刻。

她们相信大海,有着最纯净的内心。

还乡唯一的路径

我似乎一直扛着浓浓的海腥味,穿行在城市的各个角落。有时候,我觉得自己就像一只被潮水冲远的寄居蟹,不断寻找着温暖的巢穴。

在钢筋水泥和闪烁霓虹相互交织的城市里,在平坦坚硬的水泥地上行色匆忙的脚步间,在隐藏内心戴着面具的交谈中,我像大海一样野蛮的脾性,早已被生活无情地收割。

而我,其实是多么愿意放下平整的日子,放弃迷人的乡愁,只为像一滴水融入海水一样融入这拥挤的城市。

我把故乡深深地放在背后,只为能面对眼前的陌生,能紧紧攥住经济世界的一根稻草。

尽管这么多年,我的手里还紧紧握着台州湾两岸隐隐的渔火。

尽管这么多年,我朴素的乡音,还能哼出浅浅的渔歌。

有时,我怀念故乡的渔火,它虽然是弱弱的光,却照亮着我的梦想。

有时,我也怀念故乡的渔歌,它虽然是短短的歌,却催促着我向前行。

城市里有着千家万户的灯,不知道是否能照亮夹在岩缝里一只螺的努力,不知道是否能照亮一个游子在外漂泊的黯淡的内心。

我更希望的是,一滴咸咸的海水,能填满我苦涩的内心,让我沿着台风季雨水奔跑的方向,还乡!

或许,需要借用一把冬天的匕首,才能把城市的尾音割除,让我无拘无束地奔跑在梦想的国度。

每当面对升起的朝阳,或是城市夜晚偶尔滑过的流星,我都没有勇气说出离开两个字。可是,停留在沙滩上的蛤和蚶,却让我有勇气坦白。

这么多年,我一直将大海的身份压在箱底,让它像铁锚一样腐锈。因为我从来没有告诉过这座城市和你,我的姓氏和家乡的地址。

风中,弥漫着浓浓的海腥味。你要知道,那是我还乡唯一的路径。

沙哑的嗓音早已被涛声淹没

大海还记得我吗?

我捏着一条虎头斑的鳃,拨弄着它的鳞片。阳光下,那些褐色的鳞片闪着光,晃着我的眼睛。我曾剖开它的白肚,掏出黑黑的鱼内脏和鼓鼓的鱼鳔。我想,那里,同样隐藏着小小的恶。

而在桅杆下,有几只废弃的塑料桶,在返航的途中,没有人觉察它们的存在。

记得一次出海以后,充满记忆与慰藉的,是汹涌的浪头、破损的旧轮胎和抛锚。

当我抚摸船体的骨架时,就想起自己的软弱。

听着马达声毫无顾忌地轰鸣,多渴望自己也能突突突地喘着粗气……我喜欢那种粗糙甚至有点粗壮的呼吸。在城市里生活这么多年,我越来越渴望迷人的乡愁。

回到有着隐隐的渔火和浅浅的渔歌的故乡去,让自己像大海一样野蛮的脾性,能够畅所欲言地发泄。

记得,海把我赶到一块岩礁上,责备我为什么不继续往前走。而在生活的翻涌的海面,我已渐渐松开紧握的手——曾经,我死死抱住初次入水的激情。

有时,譬如潮水刚刚退去的时候,沙滩上咸味还很浓。我会看见一只小小的贝壳被大海抛弃,白白的外体,间杂着细黑条纹。我知道它拥有浓浓的腥味、紧闭的两扇壳和柔弱的内心。就在斜阳收回长脚的一刻,海面上的粼粼波光还在闪着。这只小小的贝似乎在喧嚣:瞧吧,那个扯开嗓子呼喊的人,他沙哑的嗓音,早已被涛声淹没。

我的故乡在海边,那里的风中,弥漫着浓浓的海腥味。我知道,大海一直记得我。

在海浪的拍岸声中惊醒

如果大海有忧郁，人们是否看得见？如果大海有悲痛，人们是否找得到？

苇丛和浮藻间，浑黄的海水一浪一浪地冲击着堤岸，泥沙不断堆积，偶尔遗落的几声汽笛，似乎是大海的叹息。即使有海风吹过来，芦秆低伏，苇叶沙沙作响，听到的只是简单而粗糙的噪声。而在从前，我能于此听出是管风琴和大提琴的节奏。

打桩机的轰鸣日夜持续着，运输车的压痕不断加深海的疼痛，石料、废砖和粉尘像曾经的草籽一样撒在路两旁，厂房复制的速度比发情的疯狗跑的速度更快，水产市场的喘息也越来越粗壮，像北岸发电厂的烟囱。

如果可能，海一定会抡起拳头，砸向沿海工业带，砸停入侵海洋的脚步。

工业文明与海洋文明的相互利用与此消彼长，我该如何去判别和审定？写下的诗歌，是否能够阻止伤害或延续文明？也许，对我而言，简单的慰藉，只是夜幕后的渔火和潮声。

瓦房,滩涂,废旧船厂,风里漏出的几声咳嗽,似乎都让纠结的我,甚至是海,感到亲切。

不分昼夜运送石料的工程车,仿佛成了我的心病。

我在堤坝上独自行走,呼吸着缆绳和铁锚的腐锈气息。五塘村和七塘村被尘土厚厚地掩盖着,我期盼着它们,在海浪的拍岸声中惊醒。

抱住孤单的自己

是的,我曾经一个人摇晃在昏黄的海边。

在这一片沿海地带,潮水刚刚退去,几只无名的小螺被抛弃在岩礁的缝隙里。它们闪着光泽,初次学会与海水抗争。而在我的身后,几个提着渔网的渔民骂骂咧咧,他们在诅咒毒日或女人——我更愿相信,他们是被咸苦的生活生生蜇痛了。

有几次,我站在这沿海地带,看到浑且阔的海水逐渐瘦削,看到岸边遗落着贝和蟹。一记悠长的笛鸣,是远方吹起的号角,在催促着落日抓紧斜下。此刻的天色,也已渐渐泛黑。

当我面朝大海,背后,城市的灯火絮絮叨叨地诉说着白昼的繁华。辽远中透出寂然的海啊,却轻轻搂住了夜空。

多少个这样的时刻,我张开双手,想抱住在风中飘的答案,却只抱住孤单的自己。

那里有工业带、瓦房、滩涂、废旧船厂、水产市场、发电厂、五塘村、七塘村、工程车、夜排档……夜黑得深深的,只有白色桅杆在浅浅泛着光。海,不断摇晃着暗。一排排停靠的船只,像一个个安分的孩子,在临港的水域,不敢搅出水声。

而哪怕仅仅是轻轻、悄悄的水声,也会让隔岸的灯火沉沦。

只有等风一再败北后,我才能找出内心的一块静地。也不知道在这一片沿海地带站了多久,晃动的人声渐渐稀少,直至消失。

紧贴水面而行的,是那片月光和铁锚上被风吹落的粗黄的锈迹,但我仍然不肯告诉今晚的大海,时光已过去了多久。

夜走过码头,轻轻踩着休港的渔船,同时也捕捉到一两盏火光——渐弱的渔光曲,拖着无力的尾音,踩在光滑的台阶上,闪着鳞光。港湾里拥挤的船只朝着灯塔不断瞭望。

我,也努力着,朝着梦想的灯塔走去。

冬日海面上突突的马达声

即使在冬天,台州湾宁静的海面上仍会响起突突的马达声。

马达声粗犷而短促,粗犷得如同出海半年后归家的渔民,短促得就像即将过去的冬天。在海面上,这样的马达声来来往往,一声接一声,没有停歇的时刻。有时,我觉得那些经过的船是无声的,它们只不过是在运输马达声而已。

有时,天空布满大片乌云,黑沉沉地压着海。那些马达声显得更加有力,像是要传到云层之上,然后,又像洒雨一样从云端被挥洒下来。整个海面上,就布满了突突突的马达声,和翻腾的海浪纠缠在一起。

像是一场伤痛,在无限制地漫延,嘶吼出内心的无奈与抗争。

而有时,钻出云层的阳光,在海面上拖下一条长长的金黄色波光。突突的马达声此起彼伏,像是不断打磨着光线的纯度,让晃动的海显得更加闪亮。

机帆船驶过,海面上留下深深的白色浪痕。因为船只不同的航线,浪痕相互交错着,而后又消失。可是,即使有更多的船只驶过,有更多的浪痕,也不能把海面上的阳光拖散。

是啊,即使冬天,即使有阴郁和严寒,也不能将一切事物封冻。

浪,仍拍打着堤岸、岩礁和过往的船只。海面上,狂风过后,暗流在蠢蠢欲动,在灯塔照不到的海底,开始肆虐。

像是我的心,有时被无名的困苦压痛。

只是,海面上,突突的马达声仍在持续不停地响着,坚韧而执着,似乎要坚决地冲破冬日的严寒与束缚。

海风割着这个世界

在码头交易市场,我有时候会坐上整整一个下午。

即使冬天的海风更加凌厉与野蛮,更像一把刀子,割着这个世界。

矮窄的墙栏边,陡陡的石阶一直延伸到浑黄的海水里。浪拍打着几只返航的渔船,随着吆喝,几只有力的手把箩筐提到了岸上。阳光很刺眼,风中弥漫着沉郁的气息。那是来自海里的忧郁。在那里面,半桶海水里翻游着鲳鱼、带鱼和望潮,它们带着大海的气息。有几只蟹,还有试着挽牢大海的章鱼,那些弹得高高的虾蛄……我能一一厘清它们各自的努力。

阳光亮亮的,能见到风还在不远的海面上晃动。在这冬日里,却更觉寒冷。

几户人家刚刚翻晒完渔网。被交易的鱼、虾和贝,深爱着大海。也许,它们中的某一条鱼刚有过一场婚礼,或曾在海底欢快地畅游。在那里,它们有自己卑顺的生活。讨价还价的中年男子,在码头上落下一小块阴影。这是我从未见过的可怕的暗,隐藏着刀刃的锋利。

我真想离开那个下午,怕那根紧紧缠住的缆绳把我就此捆绑于无名的困苦之中。

可是,离开? 真的能离开吗? 哪怕我离开了这海边,离开了这即将过去的冬天,但我能离开随时缠绕的生活吗?

既然不能,就让这颗心,为第二天有力地跳动。

夜色找到海遗失的泥螺

有阳光的傍晚,海安谧而寥廓。

平整的风轻柔吹拂,只有岸边的一小片水草悄悄摆动。静静的浪不肯发出声响,只为等待夜色的到来。一只虎头斑跃出水面,银白色的身子在阳光下闪了一下,仿佛是我多年前丢失的那枚银币。

一切是那么美好!

虽然,在岸边的苇丛间,还能找出一段忧郁的节奏。由于混浊的色彩和固体漂浮物的入侵,芦管晚间的哨声失眠了。但我仍说:一切是那么美好!

或许在沙滩的一角,或是在礁石旁,夜色找到了海遗失已久的泥螺。

一切是那么美好,当我们找到多年前经过的街角或海边码头,找到记忆多年的一种味道,找到尘封许久的事物,会认为,这是世界对我们的馈赠。

也许,海面上的鳞波应该感谢光线的存在,是它让自身闪亮。而在阴霾的天空下,船只应该感谢北岸妈祖庙前的祈

涛,是它拥有感召的力量。一根缆绳,看见岸边的铁柱,才有
了栖身之处,才感觉到一切是那么美好。

当黑暗散去,黎明经过台州湾时吻了一下那只破船升起
的帆,站在船尾的渔民会发出一声感慨:一切是那么美好!

严冬时寒冷的事物,因为温暖的存在而融化自己,它们
仍会在内心升腾起祝福的念想:一切是那么美好!

无论是在海上或是街头,总有我无法相识的鱼、贝与人,
但我总是微笑着面对一切,说:一切是那么美好!

这样的美好,是一份惊喜。

犹如夜色找到了大海遗失多年的泥螺那般的惊喜。

整座海就是巨大的音箱

风凌厉得更加无边，似乎就要吹走我与友人交谈的内容。我们漫无目的地走着，谈往事的苍茫、岁月的辽阔。

此时已是岁末，一年来的光阴里，深藏着很多的人与事。光阴、事件、某个午后，海面上的船只、大海的忧郁，以及它的蓝。

可是这一切，都渐渐淡化了。

岸孤立着，退潮后才有下一次面对涨潮的冲击。在这深冬的傍晚，斜阳让整片海都显得黯淡。随着光亮的逝去，海面上金黄色的光线消隐了。我和友人在海边的谈笑，此刻都荡然无存。

空荡荡的海，只把沉稳的力量，藏在内里。

远远的海面上，波澜再次提高了音调——不仅仅是一个八度。不远处，雄壮的小货轮冒出浑厚的黑烟。旷远吹来的风，总把浪声的合唱往上升几个音。而此时，渐渐听到老大的呼喊。

帆升起时，透出沉重的吱呀吱呀声。铁锚敲在船的龙骨上的嗵嗵声,缓缓传入水底。海也暖暖地动荡起来,不是哼着"哆——咪——哆"的旋律。它似乎瞬间中断了梦想,猛然狂躁不安。它吼着"梭——咪来——哆——拉西——",仿佛整座海就是巨大的音箱。

我们在岸边,成了一组小小的共振体。

感觉一切都是,那么好。

怀想可以怀想的年代

在异乡冰冷的檐下，极易怀想起故园。即使记忆仓促，往事淡薄，仍觉得故乡的那一片海，才是心中最终的栖息地。

怀想就像是一场小小的梦游，像是春天派出的臃肥而蹩脚的信使，它会告诉故乡，一个游子在外想家了。他想念母亲和大海的气息。

怀想故乡的台州湾入海口，是它驯服了我的野性。而在七号码头排档，怀想那些被空酒瓶砸伤的夜晚。如今，涌上咽喉的麦芽味道，缺少了浓浓的海腥味。也许，这就是我在城市里多年滋生出的孤独感吧。

不管多少年，我的怀想病不会痊愈。

在异乡的餐桌上，我怀想起岩头蟹与扇贝的美味；怀想起母亲给我盛饭的蓝瓷碗的倔强；怀想起自己总在炊烟、浮藻和礁石间挥霍多余的精力。

一路行走，一路遗忘，一路怀想。

江、河、湖、海，在我的怀想里一一呈现，不断交织着我的梦想与现实。

有怀想，是一份幸福。

我怀想瓦房、灯塔，船只出港时的一声长鸣；怀想码头、铁锚，水产市场里繁忙的交易。

在日渐沉默的时代，我用怀想来代替自己的发声。城市的冷漠不断压垮我的热情，我的血液里渐渐息却了怒吼的狂涛。当初从故乡带来的浓浓海腥味，被城里的月光漂洗得过分苍白。

激情与很多事物，似乎随着潮水撤退了，连月光与大海深深的蓝，都渐渐退去。

我怀想可以怀想的年代，让我在异乡的夜晚，可以枕着涛声梦想，可以大口大口把浓浓的海腥味吸入小小的肺，可以指给陌生人看——

喏，喏，我的故乡，那一片海！

擦拭掉生活的锈迹

因为台风,渔船停靠在港口,如紧拥的琴键。光秃秃的桅杆,像节拍器停息的摆针——海面上轰鸣着狂躁的交响曲,伴着咸涩的海风,苇丛的低音轻巧而微弱。

我听到狂恣的涛声嘶哑且沉重,当它被岸礁生生地撕裂,就如同一个被打破的音阶。

曲折,并且伴着浑黄的椒江向东流着,在台州湾入海,流入亚细亚东部的海域。从括苍山脉到九峰山山麓,或更远的大陈岛。

我喜欢这暮色里退隐的港口——它凝重,沉稳,带着战栗。

我在这里可以看到二十年前的自己,一个清纯少年,却有着铁锚般沉重的心事,像一根缆绳和父亲相互拧着,叛逆着,昂刺头一样滑溜。我也可以看到海天一线处隐匿的闪电,它甚至伏到时代文明的背后,任意抽打着台州湾两岸的工业带,以及我脆弱的心。我想,即使我躲到诗行里,仍不能擦拭掉生活的锈迹。

我怀想那样的年代。很多年,看海推挤着白浪涌上岸边又退却,像一位母亲送来孩子,孩子又目送着至亲远离。海就这样来来回回,远远近近,仿佛命运生生灭灭。

　　可我又喜欢海的冷漠与无情。不论坚硬的岩礁,还是无力的船只,海都沉稳地击撞着。我喜欢海对一切无所惧怕的样子——阴霾下,海暗下自己的脸色对抗着狂风,在一阵一阵的怒吼里,海也会掀起胸膛里的怒火。

　　我看得出海有着惊人的倔强脾气,不服输,用力量抗拒着力量。

　　我也看得出海的辽阔与宽容,把水深深地藏在水里,把坚强藏在坚强里,把怀想藏在怀想里。

　　海也会骄傲地说:瞧,我就是那一片海!

没有雨，台州湾的海是寂寞的

对有些人，我只愿静静地与其围炉呆坐。

如落日下的码头，静静地等待航行归来的船只，好让自己沉重的内心卸下不安与焦虑；如出海渔民，最渴望和海遥遥相望，却又彼此毫不干涉；如深海处的灯塔，默默亮着，与长夜无声地相守，只为一起老去。

而台州湾的海，也愿与一场雨相互搀扶，彼此慰藉。

是因为它们，有包容万物的美德。

那只船，划破了大海的颜面，海也愿意将宁静与辽阔给它。那只铁锚，割断了缆绳的筋骨，缆绳也愿意将力量给它。那只蛤蜊，被妈祖庙前点香的人拾起又抛远，蛤蜊也愿意将柔弱的内心给他。

世间万事万物，有了包容，才显现和谐。

海岸线上，我一直看着台州湾畔的海撞击着亚洲东海岸，而滩涂、苇丛、岩礁和港口，都在默默承受。

正是因为有了台风季的来临，有了阴霾、肆虐，才有了不屈、抗争，盛夏的海才更显得雄壮。

而我，喜欢一场雨下过台州湾，让雨水和海水交织交融在一起，让它们不分彼此。

　　我知道，没有雨，台州湾的海是寂寞的。

溅出一滴米粒般的阳光

　　是海腥味涂抹成的蓝色。是傍晚的潮水淹没了它的自尊与棱角。台州湾北岸的渔村，就像一位长久等待的妇人，日渐瘪瘦，缺少光泽，甚至黎明一记金黄色的耳光，都能扇痛它敏感而脆弱的神经。

　　夜晚淡淡的灯火提醒我，木窗的缝隙里除了渗出生活的艰辛与日子的平庸，还有寂寞这样的字眼。而像北岸晒网场上堆积的一沓沓破网，总让我感觉像是漏掉了什么——城市酣睡的纸醉，贪婪的金迷，简短的繁荣和暗地里结着肿块的高楼。

　　那些挂在门后的渔具，让我审视起自己的内心。那些漂浮的情绪像铁锚般沉重，我能否和解缆一样松懈捆绑的名利之绳，让自己轻松一下？挂在船帮上的旧轮胎，散发着残存的作用。如果我像那台遗弃的船马达，有着二冲程四匹的动力，就有足够的能量，扼紧城市的喉管，止住工业气息，把渔村的潮湿与温暖烙刻在城市额头。

　　若海岬最阴暗的角落也开始溅出一滴米粒般的阳光，台州湾就会暖暖的。而整个夜晚的结束，就像来自一场星星的自焚。雨季来临之前，从渐渐低却的涛声里，我已辨别出水产市场的杀戮声和交易的繁杂。而此时，台州湾的海愈发显得寂寞。

当整个港口远远传出马达的哽咽和帆的吱呀时，渔家姑娘在船尾烧熟了简陋的早餐。船老大和船员们相互打着招呼，谈论出海的天气是否会像黝黑的皮肤一样糟糕。有一个健壮的渔民，趴在船沿擦洗着船帮上用红油漆印上去的"浙椒渔826"字样。这艘船仿佛刚刚睁开惺忪的眼睛，舔了舔晨曦里腥咸且潮湿的味道。

它停靠在台州湾很久了，它已寂寞了很久，已像我的内心一样充满着渴望，不愿做一头搁浅的大鲸——冲出去，到大海的深处去！

狠狠地钉在岸角或浅滩上

海会不会说话？海说着自己的什么话？海的话说给谁听？

我站在岸边，迎着强劲的海风，心里不断想着这样的话题，不知道自己什么时候有了这样的念头，也不知道为什么会冒出这样的想法。海的话是什么，我不断猜测。

站在东海岸边，我是那么渺小，还有着孤独。于是，我寻找着海说的话。

是的，海有话。海常常用汹涌的波涛说话，带着怒吼，显得粗暴，好像是拧着全身的力气抽打堤岸，好像是为了向陆地讨要一个说法。有时，海也会对着自己说话，也是那般粗狂、嘶哑，似乎扇着自己的耳光……

因为不能解开临港工业带的死结，让敦厚的铁锚蒙羞于酸雨的腐蚀，海常常自责或是狂躁。而在这一片海域，一根苇管也记恨逐渐弥漫的化工气息。

但我知道，在工业文明的时代，有时海的话只能是无力的表述。

或许，他们期待的海的话，只是轻拭着船体的微波，只是充当回忆褪色油漆失却的艳红的一只旧轮胎。

或许，在一个出海远航的傍晚，当我接受着斜晖的映射，一边听着海的断断续续的话，一边要接受即将涌过来的无边黑暗。

就像还有礁石与灯塔在等待一样，海的话有时也是刚硬的，仿若一块块岩礁。

不管这些话能不能改变什么，它们随时会狠狠地钉在岸角或浅滩上，默默承受阴霾与瞬息万变的天气。

而我，是不是也需要像海一样，让说出的话沾满浓浓海腥味，藏着烈性与辽阔，你才会相信，我是如何一遍又一遍地爱着海。

连绵。无时无刻。

渐渐浓厚起来的海腥味

　　一样的马路,一样的川流不息,一样的建筑物,一样的渐渐浓厚起来的海腥味……

　　几年前,我在这条省道上来回穿梭。清晨,迎着从东海海面上升起的太阳,从县城赶往市里上班,一天的工作在等我;傍晚,迎着斜落的夕阳,又从市里返回县城,温暖的家在等我。春夏秋冬,晴雨冷暖。这条被压出难以计数的辙痕的道路,承载着重量、变迁和回忆。

　　厂房、矮树丛、芦苇、煤场、造船厂、村庄……车窗外的事物一遍遍、一次次在我眼前自远及近又自近及远地移动着。有一天,我忽然想:它们是在靠近我吗? 是想告诉我什么吗? 它们是想说出自己的世界是怎么一回事吗?

　　除了眼前的事物,我想到了不远处的海。写了这么多关于海的诗歌,一直是我在诉说。那么,现在,我是不是应该反过来想一想,大海,也想说出什么?

　　是的,海有自己的话,它一定想说出什么。我替它说出的那些所谓的激情、雄壮、无奈、抗争,甚至愤怒,可能都不及它自己说出的十分之一。海可能想说出粗暴、压抑、记恨、耳光、死结、阴霾……

海用什么说话？它除了波涛还有什么？它说出自己的心事，有谁在听？大海也是一位见证者、观察者和颂扬者，它目睹了呐喊的、不洁的、破坏的事物，它与当代文化不断碰撞。

波涛有时候汹涌，有时候刚硬，有时候只是无奈地沉默，可是不管如何，海说出的话，总是烈性的、辽阔的。不管瞬息万变的天气如何莫测，它总是一遍一遍地诉说着。

藏匿在远远的海平面外

海一直那么低调,不断放低自己,把自己的辽阔藏匿得远远的。甚至,藏匿在海际线之外。

海低调得不让谁轻易发现自己的美,它觉得藏匿自己,也是一种美。即使有汹涌的波涛,如一阵一阵悲伤的哭声,仍是涌得低低的,像压抑着内心的哭泣。

海有着雄伟的美,只是从不显现。那些涌动的暗流,以一种巨大的力量,推涌着某一片海域的变化。那些大块大块的礁石,兀自坚硬地孤独,不与日月星辰说话。那些深深的蓝,阳光下显得更加透明与宽广。

海审视着自己的内心,不在意外在的变化。哪怕是在阴郁的天空下,或是在金黄的斜晖里,海也一如既往地低调着。

海从不放纵自己,哪怕是对最简陋的船只,也从不轻易地将它撕毁。

海有时候是柔弱的。在斜阳隐没的傍晚,沙滩一角或滩涂的芦苇丛旁,海浪会轻轻地,不断来来回回,像是和着月光在拍打爱人的肩膀。或者,更像是一位慈祥的母亲,不断哄着孩子。她低垂的声音,越来越低,直至融化在深沉的夜色中。

是的,海有着母性的美,慈爱一切! 宽容一切!

它从不为沿海工业带的入侵而进行报复,它低调,默默承受着,只是用自己浓浓的海腥味淹没日益昌盛的工业气息。

海的美,永远依附在海的身上,甚至,藏匿在远远的海平面外。

清澈明亮的眼眸间晃过

即使悲剧在激情与冷漠之后生长，海还是奉献了自己的宽厚仁慈。

它兼容着对抗与和解，决裂与重合，它在一切有知的和无知的入侵之下，仍显示着自己的浩大、厚重、激荡与包容。

海呈现着自己的自然性，隐没或拒绝着社会性的改变。它宁愿压抑内心的哭泣，也要将自身固有的美展现。

海很雄伟，它撞击着礁石、岸堤，以及远航的船只，总是拿出一股狠狠的劲。似乎，它喜欢撞击之下撕心的痛和裂肺的哭。

海喜欢把这一切都拥入自己宽厚的胸腔。

海愿意承受日渐变革的世界带给它的所有。

海有着柔弱的一面——像海里的贝或螺一样柔弱的内心。因此海原谅和宽容了一切，也接受和承担着一切。那些它该有的或不该有的变化、固守、伤害、入侵、融合……对以上伤害它的一切，它像对待孩子，甚至会哄着这些事物，像驯服猛兽，让它们安静下来。

海日日夜夜打磨着自己坚硬的心，直到它变柔，变善。

这是一种母性的美！

只有母亲，才愿意放低自己，让自己一低再低，一退再退，甚至完全放弃自己，从没有报复、嫉妒、仇恨、邪恶等字眼在她清澈明亮的眼眸间晃过。

海的美，任何人和任何事物都夺取不去，它只存在于海的自身。

灰蒙的灯火紧紧咬住城市的脉管

整个下午,一排排停靠的船只都在岸边摇晃着,不肯起身。

船体边翻荡着浑黄的海水,依然有着铁质的味道,略显粗糙和锈迹。抬眼看去,仍有漂浮的泡沫、废木板、塑料袋和莫名情绪,挤挤挨挨地集聚在岸边,随着海水晃动。

几个提水桶的渔民踩上甲板发出的随便一记吱嘎声响,都能钻痛堤岸的神经。

他们不愿长久地憋在岸边,他们想着出海,怀念巨浪,以及未知的风险。

也许,有几个刚刚卖掉捕捞的鲜鱼的商贩,因为今天的利润,躲在暗角发笑。而几个强壮的渔民,怕自己被咸制成过期的罐头,沾染上生活强制的馊味。至少,在这个下午,他们不愿自己铁锚一样的身材,沾染喘息、驼背和唾骂。

他们要的是出海,不是城市灰蒙的灯火,而是大海里灯塔的浅蓝色光芒。

他们要的是盐的秉性,不是城市霓虹下的纸醉金迷,而是与瞬息万变的风浪搏斗。

整个下午,一排排停靠的船只都在岸边摇晃着,不肯起身。而渔民的胸腔里,已经有航行的蠢动。

巷口,有个孩子厌倦了以往玩过的游戏,坐在鱼鳞斑斑的石板凳上,疯狂地盯住阳光。也许,他要航行到某个地方去。

当灰蒙的灯火紧紧咬住城市的脉管,已听得到黄昏"呼哧、呼哧"的追赶声。这时,连潮水都退得那么突然。

入海的椒江已经摁痛了大海的面颊。不再需要犹豫什么了,渔民望向深处寥廓的大海——

毫不松动!

慢慢冲破黎明

潮湿的堤脚生长着深深的青苔,呈现着墨绿色。那是海水长时间、深深拍打所造成的。

我在上岸的第一级台阶边,见到水泥浇筑的铁墩被缆绳深深缠紧,勒出了一道浅白的印痕。

我深深地折服于大海的阔远与凶猛,有时会望着海出神,静待它在安宁的背后窜出无忌的咆哮来。

第一次到这里,已是二十多年前的事了。刚刚毕业的我,和一帮同学一起,经受了晕船的痛苦之后,到达了这座被称为东镇山或洞正山的大陈岛。第一次见识了这里的大渔村、大渔场、大渔埠,以及天后宫、渔师庙等。

从那以后,我爱上了海。

岛上渔民的额头、眼角,都深深地翻涌着海的波涛。我相信这是海对他们深深的爱,就像那种鬼天气,爱上他们的黑色肌肤、陈旧破帆。

鱼群也深深地爱着自己洄游的路线,如渔民深深地爱着出海与航行。礁石与风浪也一样深深地爱着灾难——世间万物,我们都要深深地接受。

在这岛屿边,我一直喜欢潮水慢慢涌上岸的样子:像喜欢离港的船只,慢慢冲破黎明,驶进大海,一副无所畏惧的样子。

这几年,我慢慢沉浸到对海的书写中,慢慢沾染了腥咸的秉性、浓烈的烟草味。

潮水慢慢退却,这世上的嫉妒和怨恨,也在岁月间慢慢退去。对世事的明了,是一个慢慢的过程。譬如爱,我们要慢慢爱一切。不急,不躁,让爱像平静的海面,无边,无际。

这些爱,深深地、慢慢地漫过一切,让一切温暖。

总有一颗挤出亮光的星子

我是一个来自世间的俗人，站在岸边，想洗涤自己。

雄壮的海风吹着，吹翻我简单的衣衫，用浓浓的海腥味，擦洗着我染自钢筋水泥间的俗尘。

每次，当我在海岬边站立，遥望远处的孤岛和来往的寂寞船只，那一阵一阵的海风，狠劲吹着，把我的孤独吹走。来自远处的海风，把涌着浪涛的悬崖和即将来临的星星也涤清得毫无粗鄙的想法。

海边，那些熟悉的人与事，那些用于生存的船只，往往会被无情的海风吹散。

想起二十多年前，第一次去大陈岛看海。海风吹着流云，海面略显平静，泛着金黄的光。三三两两的船只划破大海，向各自的方向驶去。那时，我不懂暗流、石礁、灯塔，以及那一片悬崖的存在，只是无拘无束地呐喊着，争着挤进大海。

直到我们的船搁浅在无名的小岛。

直到黑幕布满整个夜空。

那时，除了没有在意海风的强劲，也猜不透生活的背后隐藏着的是怪兽还是温顺的绵羊……直到岁月流逝好久,才有了一点启示。

纵使再辽阔的海,也有驶出狂浪的航船。

即使总有暗下来的夜色,将海岬及高高的悬崖淹没;即使再见不到轻轻波动的海水和舒缓的摇篮曲;即使海风吹着翻滚的乌云掠过。

总有一颗、两颗挤出亮光的星子,刺破漫无边际的黑,照亮夜航的船只。

携着星子与冷月的光辉

　　我一个人在海边走,窄窄的堤坝上凌乱着鱼干、鳞片、脚印及阳光的碎片。

　　风从背后吹过来,偶尔将地上的虾皮和苇叶掀起。还有些,在我鞋底沾着,被我带出几步远,又落下。

　　海水的拍岸声,似乎渐渐弱小,在落日的余晖里无力着。我知道即将漫延过来的夜,随时会将海、我和这个城市覆盖。而在浓浓的海腥味里,渔民们已将晒了一整天的海鲜腌制品收起。他们开始将生活塞进略脏的蛇皮袋,并把口子紧紧扎牢。

　　整个下午,在岸边,盐和阳光混在一起,伤口、疼痛和疤痕混在一起。在我生活的台州湾,经济发达所带来的化工气息和因为生存而讨海并由此弥漫的海腥味,时时混杂在一起,彼此撞击与交换。而正是它们,紧紧掐着城市的咽喉和渗透进我的呼吸。

　　我一直以为,诗歌是与呼吸一样自然的事,是一直随身携带的。诗歌不是远方与地平线,不是天使和魔鬼。诗歌就是我身边的事情——我的痛、恨、爱、愁，我的海水、码头、滩涂、马达、妈祖庙、养殖场……

我在浙江东部靠近东海的一个城市里生活，蹲在亚洲偏东僻静的海岸一角，经常看着海，海也经常看着我。

不知道海将我看成一个什么——岸边的一个低音？浪涛间重重的高音？或者只是东海边的一个破音？也可能，在海的眼里，我抵不过鸥鸟的浅鸣、浮藻的漂荡、沙砾的流逝、淤泥的腐烂。我可能，什么都不是。

海在我的眼里，什么都是——岁月之书的一个页码、宁静的诗行、激奋的思想，或者一架钢琴、管风琴、大提琴，一面牛皮鼓……它除了深藏芦苇与滩涂，还携着星子与冷月的光辉。

在我的眼里，海拥有蓝、抒情、浪漫、深邃、辽阔……

在微暗的摄静寺读心经

摄静寺离海不远,在北岸旧码头再往北一里的陈家村,我曾经去过那里一次。

天色开始暗下来,我已经坐了很久,将发黄的经卷轻轻抚平,让每一个文字都回到自己原有的位置,像将自己起着波澜的内心,轻轻抚平。

听不到平日里海浪的撞击声,以及海风野蛮的呼啸。已是傍晚,摄静寺有点点的微暗,定能师父点亮了烛光,也点燃了那支香。当黑色越来越明显的时候,那支被点燃的香火,显得更亮,在炉角明明灭灭。

而晚课声此时也是断断续续的。

这里距海不远,我从清晨就来到这里。

我在读经。我想将自己读空,读成海一样辽阔无边,且雄壮与寂寥。但看着那一句色即是空,空即是色,我不知道,如何才能将自己的心读空。

山岚呈现皑皑的白色,冈头散布着浅浅的绿,它们映着黄墙与青瓦。而不远处,海呈现着浑黄,城市里闪烁着五彩斑斓。

　　我知道,只有再往海的深处走,才能见到那一片蓝。

　　或许,是我执着于所见的是忧郁还是苍茫,往往忽略了更远处,那金色的反光。

　　或许,是我执着于眼前,而忽略了未来。

海在身后依然沉默

台州湾北岸的摄静寺,在今天的冷风里仍然沉默着。

刚刚送我走出寺院的定能师父,背影也这样静静的。隐隐地,有钟声敲响,和着不远处东海的涛声。

细细想想,我的心还不能如此平静下来,不知道为着什么——或为着缓缓飘过冈头的山岚,或为着没有尽头的弯曲小路,或为着一些无名的思绪。

在灯红酒绿的尘世,我的心一直都这样不能平静,就像不远处的海,也起着欲望的微澜。当我离开的时候,黄昏渐近,海在身后沉默,微风里有淡淡的咸味,不是星星的味道,也不是一只贝壳的味道,而是我的心流出的一股浅浅伤痛的味道。

寺院附近的旧厂房门口仍有挨饿的流浪狗在徘徊,机器的轰鸣声压过了海鸟的寻欢声和小货轮起航时突突的声响。当我离开的时候,星光渐渐浓郁,海在身后依然沉默。在它的辽阔里,藏着整片夜空。

此时,浓雾已经笼罩了台州湾,白日里我熟悉的事物都已看不见了:渔火、灯塔、北岸的发电厂、跃出水面的虎头斑,以及傍晚的堤坝、远远的海岬的一侧。更远的地方,也是雾。

只有这静静的码头,留着清醒。不管我见到或没见到,这渔火,这灯塔,这村庄,都还在那里。不管我见到或没见到,这生活中的无奈、抗争与暗流,也在那里。

可是,在这春天的夜晚,我的心跳声毫不屈服,和着海潮的节奏,不断升起,如浪涛一般,深深地拍打着岩石。

华灯初上的城市里,有人在阴暗里闪现苍白的面孔。转过身,我见到停靠的船只、孤独的帆和一个身影轻轻闪过。瞬间,芦苇丛不见了,只有风;滩涂不见了,只有从深夜里漏出的几声老男人的咳嗽。

承受布满伤痕的海和你

总有嘶哑的涛声,在某个角落低沉着,与我的心跳对撞。

似乎很久,我已忘却了自己为什么在海边站立,为什么要遥遥注视着这一片海出神。曾经,我用一粒盐就能说出大海的愿望,用一块岩礁就能体会一只贝壳的努力,用一座灯塔就能照亮出航船只一生的回家路途,用一个避风港就能拥有一份安宁与静谧。

而现在,我只想在那一片苇丛和滩涂的转角处,找到工业和忧郁的气息。

其实,在某个不经意的角落,我都能听到海的叹息。

那些船只缓缓地划过海面,切割了金黄的光线,阳光被无情地遮挡,我已看不清宽阔的海面。这如同,总有什么事物被另一个有形或无形的事物伤害着,但我们又无法去触碰,或者寻找不到。

你,我,或眼前的海,只能在某个角落,说着一些关于慰藉的话语,数着身上或内心隐隐的疼痛。

但我想,即便在如此无助的时刻,爱与善,也在某个角落潜伏着。它积累着全部的力量，等待着某一瞬间发出最雄壮的巨响。

　　即使在最深的海底，我也能拍拍胸膛说——哪怕这颗心不足五百立方厘米，也愿用来承受，布满伤痕的海和委屈的你。

长燃起不灭的渔火

日暮时分，我窥探着海面上一抹狭长的光线——柔和，闪着金黄色的光线，仿佛斜阳伸下窥探的触角。在人间，在大海，在某个角落，寻觅光明的昭示。

涨潮的时刻已渐渐逼近，沙洞里一定会填满被遗落的小鱼和虾、贝。我窥探着一块岩礁后面的某个角落，一定隐藏着什么事物。一只寄居蟹窥探着黄昏的来临。海面平静的时候，有多少双眼在窥探着风暴和暗流的存在。

近近的岸边，有人窥探着那远远的祝福与祈祷。一颗心的后面，甚至世界的背面，都有窥探着的另一颗心和另一个世界。

它们在某个角落，悄无声息地存在着，不惊扰其他的人与事。它们深知，在某个角落，一定深藏着未知。

去妈祖庙的渔民不是祈祷杀生或放下屠刀，他是为出海的平安诵一段经文。他捕获了各种大大小小的生命，他窥探了海洋的秘密，可是，在某个角落，他依然可以说出自己的爱——爱无边的海，爱咸咸的生活，爱一碗带鱼饭。

妈祖庙里的香火燃起时,它也在试图窥探茫茫黑夜里岛屿上亮起的灯塔。在某个角落,它们都是心灵的指引。

生活就是勇气、挣扎与责任,需要在心里的某个角落,长燃起不灭的渔火。

晨雾散过之后

天会亮得很慢,在冬季的台州湾畔。

晨雾朦朦胧胧,在海面上飘散,挡住了光线对椒江码头的入侵。黑夜虽然已经离去,残余的阴凉还在周遭潜伏着。而往往这时,会从一片灰蒙里钻出几个黑色的身影。

他们穿着过膝的皮革围裙、长筒雨鞋,带着一团一团浓浓的海腥味。他们刚刚从船上搬下一筐筐水产,远远看来,仿佛是从黑夜里搬出一筐一筐的光亮。各类鱼在箩筐里闪着亮光,一些剥落的鳞片溅到他们的身上,星星点点,也闪着小小的亮光。

这样的时刻,天就开明了。

有时,雾也会散得很快,那些被浓雾掩盖的事物会一一呈现。渔船、铁锚、帆、缆绳、箩筐、渔网,以及码头交易背后的利欲,都闪亮地呈现。这时,我们看清了关于海的一切。

有时,雾久久不散,码头边来来往往的渔民忽隐忽现,看不出他们是走在岸边还是海上。那些纯洁的或肮脏的,都隐藏着,在晨雾的背后,让我们迷茫。

　　辽阔的海面上,一切都存在着。等晨雾散过之后,一切通透无余。

　　无论如何,我们期待着这一切清朗起来。

晴朗的引信

　　整个渔村还陷在黑暗里,是灯火第一个醒来,啪的一声,点燃了涛声。而躲在门后的渔网,昨晚就疏通了全身的筋脉。一只渔船早早就起身出海,像一把锈迹斑驳的古旧匕首,剖开了鱼肚白。村子里善良的妇女们,用炊烟撵走了黎明没有消解的三分睡意。

　　生活像一个内心充满忧郁的人,絮絮叨叨,不断说出小小的伤感。太阳是晴天派出的一名地下工作者,在山冈的背后、渔港的角落和台州湾的暗处活动着。而大地上深深浅浅的水洼,藏匿着雨季寄给少年们的快乐情报:昨夜,瓦片悄悄潮湿,青春的梦境也已发霉,一把春天的匕首削向南方的城市和乡村。

　　从什么时候开始,清晨携带着家眷和物什,乘坐着风的马车,悄悄钻了出来。挂在船尾的两只破车轮就像一对垂暮的老人,相互之间轻轻摩挲着。而在钟楼顶端和城郊的旧变压器上、墙壁和桌面上、桅杆和马达上,爬满一粒粒透明的水珠。每次,我都将它们看作雨水的孩子,被一滴一滴捉到海里。

　　有时雾散得很快。在它有了转身的迹象后，春天的使者就会递来交接函。而五月的阴谋，也会显出败露的端倪。云缝里漏出的一丝阳光，就此点燃了晴朗的引信。

　　在这晴朗的天空下，辽阔的海面上通透无余，一切如此纯净。

为礁石缝里的泥螺唱首赞美的歌

看，斜阳的尾巴拖过海面，金黄的光线推着刺眼的波涛缓缓翻涌。船帆反射出的光亮，落在它航行的后方，好像这艘船是被一小块阳光推着走的。有时，黄昏的阳光照在灯塔上，把灯塔的影子拖得很长。

可是这光，始终没有照进岸边的礁石缝。

礁石缝里，有一只螺，在狭小潮湿阴暗里艰难地转身，在苔藓的气味里，它向往着大海的呼吸。那外面世界弥漫着的浓浓海腥味，能让它爽快地呼吸。

我就要为这样的小螺唱一首赞美的歌。

这歌是简单的，或许只是哆、哆、哆，或许只是咪、咪、咪，没有复杂优美的旋律。

这简单的歌，却因为一只螺的努力，被唱出了坚强；因为一只螺的博大梦想，被唱出了执着与关爱。

也许这简单的歌有着一点点的忧伤，没有春天的旋律。但我将一只螺弱小的身躯，当作温暖的和弦；将它硬朗的内心，作为踏歌的行板。

我们的相互歌唱,在大海之上,像灯塔的亮光,闪闪烁烁,明明灭灭。

瞧,窄窄的礁石缝里,总会响起宽宽的自由的歌。

那些歌无拘,无束,永不熄灭。

蓝色之间

因为热爱大海,我喜欢蓝色。蓝色充斥着我十平方米的书房,伴我阅读和休憩。我喜欢在蓝色的世界里徘徊,我爱上的平庸生活是蓝色基调的,我爱上的诗歌充满蓝色。蓝色是盐的味道,是海的低语,它在我的血液里涌动。

有一次,父亲抱怨这鬼天气让他失去了出海网鱼的机会。父亲的责骂是蓝色的。母亲把大海里的鱼和贝烧得透出蓝色,她让我跟随蓝色炊烟的步伐回家。我推开窗,听到蓝色的浪声,在蓝蓝的月光下起伏着。而我,只是一个蜗居东海之滨的小诗人,在蓝色之间虚构寂寞、现实和爱。

我用深蓝的口舌痛骂生活不地道,也责备潮水这长脚婆用它浅蓝色的脚印随意践踏堤坝。我的爱也是蓝色的——博大、宽广。除了允许自己偶尔痛哭一场,也要为礁石缝里的泥螺唱一首赞美的歌。

这歌或许简单粗糙,或许不成曲调,但它是心底最深处谱出的最温暖的旋律,配着最温柔的和弦。它唱出坚强、执着与关爱,它像一盏长明灯,永不熄灭。

用冰冷的月光涂抹自己的前额

雄阔的海起伏着,铆足了全身的劲,狠狠地撞击礁石、岸堤,以及远航的船只。它甩出那么多的狠劲,是想让我感觉到,它似乎要把一切,拥入宽厚的胸膛。

也许,海是一个狠心的男人,喜欢听痛得撕心和哭得裂肺的悲伤。

不论在哪个季节,不论晨曦还是黄昏,不论在码头还是岛屿,海总是显得不安分。它时不时晃动身子,将太阳金黄的斜晖随意涂抹在自己的身上,像是一幅抽象的山水画。

或者在夜晚,海用冰冷的月光涂抹自己的前额,以此引诱春天的停驻。

有时候海在轻轻涌动,像一位温柔的母亲,将堤岸和岛屿都当成自己的孩子,用柔柔的浪声哄着整个世界静谧下来。

有时,我也在礁石缝里见到隐藏的贝和螺,海水钻进最细小的岩缝,不断冲击着,磨钝了它们的尖利。

海也有它的暧昧,有时吞噬一只贝,也可能是一只不知名的螺。海让它们的梦想变得坚硬,让它们的内心变得柔软。

其实,我一直有个愿望,用冰冷的月光涂抹自己的前额,让世界逐渐变得柔软,而内心日益坚强。

用力量抗拒着力量

海推挤着白浪涌上岸后又退却,就像一位母亲送来孩子,孩子又目送至亲远离。海就这样来来回回,远远近近,仿佛万物的生生灭灭。而我喜欢海的冷漠与无情,不论是坚硬的岩礁,还是无力的船只,海都沉稳地撞击着。我更喜欢海对一切无所惧怕的样子——密布的阴霾下,海会暗下自己的脸色对抗着。狂风怒吼里,海也会掀起胸膛里的愤怒之火。

我看得出海有着惊人的倔强脾气,不服输,用力量抗拒着力量。

我也看得出海的辽阔与宽容,它把水深深地藏在水里,把坚强藏在坚强里。

我也知道,雄阔的海有时候显得暧昧。

由此,我有了爱上海的理由。或许,每个人都有爱上海的理由,每个人都有把汹涌的波涛当作自己话语的理由。在船栏边抛着缆绳的渔民,为了深水区的鱼群,爱上了海,即使他的咒骂有时像风浪一样肆虐。那一对堤坝上相拥的男女,因为坚信未来,爱上了潮声的诉说。

这么多年来,我一直蜗居在东海曲折的海岸线边,在台州湾畔构建着自己的善与赞美,像一只小小的贝或螺,像岩礁一样强硬地坚守、执着地努力。

而正是因为我的努力与执着、顽强与拼搏,我的内心日益变得坚强,让硬朗的世界逐渐变得柔软。

在风的缝隙里隐藏着大海

我从沿海回来,带着失落与忧郁。

在那一带临近海的地域,已找不到苇丛和滩涂的纠结,连浓浓的海腥味也变得浅白。

为此,我开始沉默。默默地看着周边的一切,默默地看着远远的海,默默地任凭风吹着我。浪涛、码头的铁墩和堤坝,也如此地沉默着。

只有风在吹,吹过宽阔的海面,吹过长长的堤坝,吹过岸角和台阶,吹过城市的街巷和马路。

站在风里的我,被风狠狠地吹着。我想,在风的缝隙里,一定隐藏着尘土与阴霾的喧嚣。远远的,是涌动的暗流和乌云。近近的,是推土机和打桩机的腔调。风把它们吹出了工业的节奏。

月光下,缓缓的海波涌动着,声浪一阵紧过一阵。我似乎想起,那只蟹想要钻出岩洞的努力与执着,那块礁石想要移动半步的梦想与坚持,那只船想要驶向大海深处的激情与坚强。

似乎，这一切都是久远的事，都已被风吹散在风中。

什么时候，我能再见到平整的沿海地带，一如以往的辽阔。

是什么，压抑了它原本曲折的情感？

是什么，把我的生活轰隆隆地轧碎？

只是啊，我多想从风的缝隙里找出隐藏的大海。

在岁月的滩涂上两鬓渐白

沿海的滩涂上有一大片一大片的芦苇丛，风吹来的时候，仿佛带来了有大提琴的管弦乐队。再配合上船只，以及上岸的几只蛏和螺。

今晚，魔幻的披头士在这里开一回演唱会。这些白发披头士，更懂得五线谱、节奏和高低音谱号。偶尔，会有几根倾向另一边的苇秆……那也是无关痛痒的错音。

确实，我们该轻些责备，原谅一根芦苇由笛铸炼成弦或琴的艰难转身。在沿海的空阔地上，那个站在寂静的船边不说话的人，那个站在堤坝上远远背着芦苇丛不说话的人，绝对是一个怀旧者——他喜欢远去的岁月，他要抵御盐味的狠狠压制，以及生活如咸鱼罐头般的围困。

有一次我去黄琅，那是沿海的一个小乡镇。一路上，风躲在树叶后细数着尘土。推土机倚仗着工业豪吏的后台，粗暴地袭向农业文明的腹部。工程车在临海的县级公路上抛下碎石和淤泥的种粒——吸取钢筋和水泥的养料后，来年，在这里长成厂房或商品房。

当我们的车在一个小村落停下的时候,环顾四周,发现这里已经侵入了外省口音、低廉排档和发廊。而稗草的根据地被打桩机提前占领,沙哑而粗粝的"砰、砰"声触动着大地的神经末梢。随时出现的尾气如一群越狱的恶魔,迅疾展开一场原始的掠夺。

此时,我想只有把头探到海里去,才能呼吸到星辉的光亮,才能看到月光下缓缓的海波。乡村公路上,走着几个脚步匆匆的学龄孩童。他们用纯真的双眼看着周遭的一切,不知道乡村已被贩进成年后的回忆。

四野里曾经遍布的色彩,已逐渐模糊。绿、蓝、金黄等色泽,开始在他们的作文本里褪去。

不管我写出如何出彩的诗歌,终究抵御不过乡间土路上,一行行坚硬且霸道的辙痕。

确实,有时仿若自己就是一根芦苇,插在岁月的滩涂上,两鬓渐白……

在那颗回家的星星睡觉以后

我梦想有一所海边的房子,它坐落在山坡上,迎着海风吹,迎着日升日落,以不高不低的姿势看海。

我梦想露台上有一串长长的风铃,它沾着浓浓的海腥味,风吹过来,摇晃时发出这样的声响:叮叮咚咚……咚咚叮叮……叮叮咚咚……咚咚叮叮……

像无尽的海,绵绵延延又延延绵绵。

夜间,海风狠劲地吹时,涛声发出无惧的呐喊,盖过了露台上的风铃声:轰——轰——哗——哗——

那声响,似乎把星星都惊醒了。

我梦想着,能够在闻得到海味的房子里读书或修剪花草,或能够常常望向无边的海,看着远处的雾霭是怎样无端地消散,又再次聚集;看着海天一线处出现点点的渔帆,又在更远处隐没;看着夜空的星星将光辉洒在海面上,又悄悄收回。

我梦想着有这样一所海边的房子,有一个房间专门用来收集涛声,有一个房间专门用来收集星光,有一个房间专门用来收集梦想。

在这样的海边房子周围,晨雾有时久久不会散去。迷人的斜晖在黑夜降临以后,还会透着光亮——微小的,针孔般,星光一样的光芒,照在我的心上。

风大时,我的耳边总不会安静,总是会有风铃和涛声相互交织着:叮叮咚咚……轰——咚咚叮叮……哗——

起伏的声音就仿佛世界在读着一本哲学书,无尽地思索着。

我总在那颗回家的星星睡觉以后,轻轻地祈祷:愿安详的世界一如既往地安详!

来自生活的轰鸣和悸动

大海本身就是一种命运,它有着自己的运行规律,如四季洄游的鱼群,如冷暖变化的气候。有时候它会让人恨它的狂暴,有时候又让你爱上它的平静。在这样的命运规律里,我们都只是一部分。水珠是海的一部分,海是地球的一部分——一个事物始终是另一个事物的一部分。一个事物,只是自己的全部。当我坐在堤坝上,站在甲板上,不过是世界渺小的一部分。渔火、灯塔、铁锚和岩岬,也只是拥有自己的全部,而成为另外的一部分。

我写过两百多首关于海的诗歌,描述海的秉性和苦难,却写不出大海本身的命运。

它的远与近,它的奔腾与离去,是我永远都无法轻易解释的。我充满蓝色海腥味的歌,或许声音粗犷,旋律绵长,或许一直在寻找着午后海面上的那一片光亮。或许它们就是我建造的一所房子,叮叮咚咚又咚咚叮叮地响着。

我也会骂海,骂它的无常和暴躁。但我微笑着,面对着磨难,在黑暗中,笑给自己的内心看,平静地接受大海和来自生活的轰鸣和悸动,在恸哭之后,仍然翘起嘴角。

我只为磨难与悲悯而爱

在大海里弹奏的那些歌,有时是小夜曲,有时是行板,或者,是低沉的唱诗,节奏间有着舒缓与停顿。

你如果倾听,就会在这里听出喜悦或悲伤,雄壮或低沉,嘶哑或高亢。你的心情,会随着波浪的高低变化而起伏。

夜色中,我会卸下白天所有的伪装与虚浅,像一只小小的螺,慢慢地移向海。我要在这宽阔无边的蓝色间寻找热闹后的孤独。

也许在这大海之上,我能找到自己的歌。

我爱雄壮的,有一点粗野的歌唱,像礁石与浪的碰撞间发出的毫无顾忌的嘶吼。这样的歌唱直白而简单,直抒胸臆,一点都不在乎周遭世界的眼光。这样的歌唱,在灯塔的光照向夜航的船只旁,也在阴霾与狂风的肆虐中。

一个地方越是有磨难、有悲悯,越是有这样的歌。

而我,也只为磨难与悲悯而爱。

或许我的爱,有时也鲁莽得可爱。爱着落日,因为它是天空的一滴泪;爱着渔民扯起船帆时淌下的臭汗,因为它也是海水的一部分;爱着渔村里用抗争和勤劳勾勒的曲谱,因为它透出了泥浆、腥咸与永存的味道;爱着机帆船粗糙的马达声,因为它奏出了自己对爱情的旁白,在寂寞无边的大海上,一再唱着,唱着……

那些历经的磨难,那些尚存的悲悯,我的爱,为着它们而爱。

用渔火为晚归的船只歌唱

我喜欢听海风唱歌。

忧郁的时候,或不想忧郁的时候,我就去海边的堤坝上,听海风唱歌。

听苇丛里的蜗牛,拉起小提琴的旋律。听岸边的铁锚,奏起萨克斯的曲调。听海面上的波涛,弹起钢琴的韵律。

我的故乡,椒江的入海口台州湾,就靠近东海,它会在狂风肆虐的季节里歌唱,沾着浓浓的海腥味。

黄昏里,海风吹呀吹,终究吹走了不想忧郁的人的忧郁。海风吹着码头的石栏杆,唱着港口明亮的晨歌。海风吹着小镇上空的浮云,唱着烟火袅袅的暮歌。海风吹着台州湾两岸的灯火,唱着令城市迷醉的渔歌。海风吹着我的小城,海风也吹着我的国度,海风唱着让自己快乐的歌。

在海风的歌声里,我静静地听或轻或重的低咽,想着那是谁的哭泣。在不想忧郁的时候,我就去礁石角落蹲下,不去想忧郁。

我会像海一样歌唱,不畏惧一切地歌唱。

对我的亲人,涨潮一样地爱他们,歌唱他们给我血液和身份,歌唱我们一代代繁衍。对身边友人,歌唱他们的努力,轻轻的涛声也为他们喝彩。对陌生人,我也愿为他们像海一样歌唱,为他们艰难中仍不停息的足迹。

爱我的人,我像海一样,为他歌唱。

晚归的船只,我用港口的渔火为它歌唱。

我愿像海一样,毫不隐瞒自己的内心,只是敞开胸膛,一再唱着,唱着……

看着缓缓落下的暮阳

我转过身,不忍再看被捕上岸的鱼和贝。它们堆积在一起,不断翻动着,似乎紧张、挣扎。而渔夫们一筐一筐搬运着,仿佛把我仅存的爱与善也搬走了。

很多时候,我都会面对这样的情景。在码头边,有被捕捞上岸的鱼、蟹、虾和贝壳,有些鲜活着,有些已经死去。也有晒在地上的鱼干,不断被风吹走水分和固有的味道。

这样的时候,我会做些什么?

我会看着缓缓落下的暮阳,念及它的温暖与无私。可是,再有爱意的光线也护卫不了现实对海的杀戮。

我,大海,那一块礁石,显得越来越沉重。

为着暮阳的无力。为着在岸边,在海上,在我看不见的角落里遗落着的无奈和难以描述的愤慨。

我即使转身,也不能阻止工业脚步的加快。

我即使祈祷,也不能免除鱼类遭受捕捞的境遇。

暮阳下,我看着海,也看着缓缓落下的暮阳。

呈现自己的色彩或悲喜

暮阳下,这是多么无奈的歌。

黄昏覆盖了台州湾两岸的村庄与大片滩涂,也压抑了东海低沉而愤怒的涛声。我在长长的岸边站立,看不清岛屿、地平线和远远逝去的船只。

当海面上的光亮逐渐消散,那片片涌动的,是苍茫、无限和肃穆。还有一筐筐的水产、系着皮质围裙的渔民,以及浓浓的海腥味在若隐若现。这些事物涉及捕捞、利润、生老、病痛。

很多次,我都会在黄昏中久久站立,眼眶里滴出一片海,内心里翻腾起一片海。我会看着眼前的这一片海无限地悸动,直到有了星星的闪烁。

但是尽管如此,我仍感觉找不到依靠。

暮色下的台州湾呈现着蓝和金黄。远处的山岚,近近的船只和海岸线,有时一大片吹过冈头的凉风,或海面上三三两两航行的船只,呈现着自己的色彩或悲喜。隔岸渐渐黯淡的渔火,平静之下的暗流,我望向的不知名的远方,都在曾经的夜色和现在的黄昏里。滩涂、苇丛和燃烧的云彩一样,在我心里。

只是,这些都是我心里的无奈。

出海的父亲有时只捕回几筐简陋的鱼虾,我以为,这是次失败的活计。而父亲告诉我,他把那些更小的放回了海里,因为它们也有着生命的重量。在那个黄昏里,父亲不断闪亮着。有时,就是这些物质重量极轻的小鱼小虾,却有极重的生命分量让我惊觉。生活中,我一再苍白,是因为丧失了精神的重量。

如果真的如此,那么,我只能看着海,看着缓缓落下的暮阳,而陷入一片深深的黑暗。

跋涉中的信仰者

我或许是一个谨慎者，就像海边一只小小的贝，张开自己的壳，用柔弱的内心轻轻碰触着这个世界。

我会牢牢捆紧自己的欲望，站在厚重的铁墩旁，近近地看着海，从不曾远远地逃逸。

我或许也是一个怀旧者，从远方回来。异乡再强的风，也没有吹干身上浓浓的海腥味。每天呼吸着，我才有故乡的感觉。

我感激台州湾两岸静静的渔火，它们时刻照亮我有时候显得孤独的内心和寂寞的灵魂，让我在暗夜里跋涉时能够散发出淡淡的光芒，照亮自己也照亮别人。

我也是一个虔诚者，相信晚归的渔船和夜空的星星，充实了妈祖庙里的祈祷，让那些福祉降临到每一个人身上。

在人生的旅途中，不管我是一个什么样的人，我都在不断跋涉。遇到用蜜涂我的人，我小心着他腹中的剑；遇到用刺骨的海风责骂我的人，我却安心。

虽然我有时候羞愧，自己不能像海一样阔远，有时会起着这一行与那一行之间狭窄的念头。但是,海面上的灯塔散发出的那一抹亮光,深深地吸引着我,拭去了我的痛苦和忧郁。

一直以来,我请求那跋涉中的信仰者:无所畏惧地走下去,直到大海的尽头。

我确信,我能。

晚风从另一端来

想起自己一直在那条窄窄的巷子里穿越、成长。

它黑暗,有着吞噬一切的黑暗。有时晚风从另一端来,从远远的海边来,怒吼着。

我就是一个叛逆的孩子,有一天,经过巷口时看见一个吃着带鱼饭的姑娘盯着我看。而我骂她,于指着她。我经过停靠在码头边的帆船旁,那时,四周依然黑暗,我唇边的毛还没有长粗。我就像冰冷的海水里游动的蛤蜊与弹涂鱼,有着勇气与执着。

于是试想打造自己的另一个身份。

我也期待着,把名字用一滴咸涩的海水轻轻拭去,像一个小学生,虔诚地涂改着错字,然后换上与海有关的姓氏和名,或干脆就叫海……海……海……只是,要原谅自己的出生稍稍早了点——三月,缺乏热烈与无惧,缺乏狂暴与肆虐。

而我不愿,安静和平稳地度过一生。那么有关性别,应该将男更改为雄壮。将民族写为腥。这是与海有关的身份,它深深烙在我的血液里,掺和着盐,缓缓流淌出傲然、不屈和强韧。而地址就写:东海一隅、台州湾畔、闻海楼。

关于身份证号码,该由月光下的潮汐自由组合。那涛声,轻轻哼唱着咪咪来……拉拉咪……

每次当我经过水产市场时,天都没有亮。很多人做着蜜一样的梦,手上沾满鳞片——数不清有多少,有的在滑落,有的在灯光下闪亮。我只有转身,暗暗离去。

我就是这么柔软的一个人,想再听取身后传来的对生命的粗粝叫卖声。

卸下幸福给还有磨难的人

在海边，当风开始撤退，阴郁的天卸下乌云，这一片海域便放晴了。

渔民们卸下帆，抖落出海的艰辛和隐忍，从船舱里搬出满满的收获。

而这时，女人们卸下记挂和担忧，望着远航归来，此刻在岸边忙碌的男人，脸上洋溢起掩饰不住的喜悦。

整个渔村，开始卸下失眠和被无数双眼睛望烂的星星，不再沉寂和孤独，袅袅炊烟早早就已升起，从窗口透出的灯光更加明亮。

夜晚开始卸下失眠与噩梦，恢复本来的宁静。

我知道，海也卸下沉重的叹息，开始祝福明天……

只要在我们的心中深深藏着爱与善，只要我们用心去看待周遭的世界，只要我们愿意伸出双手去扶一下将要摔倒的人，明天就会美好。

我愿意卸下浓浓的海腥味，卸下苦与恨。我更愿意卸下幸福，给还有磨难的人。

让恋人能相拥而吻,让孩子们懂得孝敬老人,让海边的一只泥螺,也感恩地朝大海凝视。

我愿意把自己卸下,像一滴水融入大海,把自己忽略,只为世界与明天更加美好和温暖。

岛屿,以及逝去的海

一直以来,我都不能卸下自己关于海的标签。

我在海边奔跑,把自己溅得一身淤泥,带着一身的海腥味。我日渐粗壮的大腿,把潮水远远地抛在了身后。每当这样欢呼的时候,我都在黄昏的斜阳里。海面上,缓缓拉散的金黄光线逐渐变得黯淡。而那个和找一样奔跑的少年,脊背被阳光涂抹得黑亮亮的,脸庞的棱角,就像他找到的那一只花蟹藏身的岩礁一样分明。在那一片岸边的卵石间,我们不停地欢呼——纯真的生活,就是这样。

可是在生活底部,有着各种小小的黯淡与阴霾。我的少年伙伴,曾经被父亲用通红的火钳烙痛腿肚,肉体的"滋滋"声像来自漏气的脚踏车内胎。而他,尽管脸颊通红,但胸膛中憋足的火气却如暗流一样涌动着。也许他要远航,像远远的海一样,并未停止咆哮。而我,和他在堤坝上并肩坐着迎着海风吹的时候,只是和他谈起岛屿上的灯塔,谈起那闪烁着的浅淡的光亮。我们看着一些出港的船只不断往前航行,而未来又是多么地未知。

那时候,我们能卸下自己的内心与梦想吗?

记得有一次出海,风狂躁地肆虐着,像一个巫婆挥舞着会变戏法的魔法棒,携着暴雨这只未经驯服的怪兽,在海面上不断地来回滑行。风掀着浪和帆——那些陈旧的帆,早已经失去了骨架的力量。船在左右摇晃着,船帮上系着的旧轮胎似乎就要自己滚走。只是,机帆船的马达仍旧轰轰响,顽强地抗争着危难。我们和年长的渔民一起,牵着缆绳在风雨里抗争——仿佛感觉到命运的手,铁锚一样沉重!

那一次出海,沉沉而又重重地砸在我少年的记忆里,久久不能卸下。这些年,我想起爬上岛屿,躲过暗流撞击的时光;想起健壮的水手、漂浮的橹桨、滑皮的水产贩子;想起逝去的风里仍残留着沾满海腥味的伤疤;想起那些岛屿和海也渐渐逝去,只有结晶通透的盐渗进今天的生活……

什么时候,才能卸下自己?

保持着对生活的敬畏

我的诗是一滴透明的水,而无数的我的诗,聚成了一片海。

诗中的事物有灯塔、船只、暗流、礁石、狂涛,以及一只螺小小的努力。我喜欢这些诗中的事物,它们就在我生活的周围。我喜欢它们的纯净和自然。

我的诗是愤怒的,它会为阴霾与暗流发出嘶哑与低沉的怒吼,它不惧一切。

面对爱和善,我的诗也敢于无惧地呐喊:我爱你! 我愿意为万物的到来和离去储存抗争的勇气!

我的诗有时候只是简单地歌唱,歌唱沉默的大地,歌唱平静的大海,歌唱悠远的渔村,歌唱深夜里的一盏渔火和等待的眼神,歌唱妈祖庙里平安的祈福和虔诚的内心,歌唱一只鸥鸟的滑翔和马达的轰鸣。

我的诗有时候只是朴素的话语,诉说着台州湾两岸的变迁,诉说着夜空的斗转星移,诉说着渔民出海后的艰难,诉说着岸边的一根缆绳与铁墩的纠缠,诉说着礁石的角落里一只泥螺的期盼。

我有着对大海的偏爱，关于大海的一切填满了我的诗。

每当黎明的光线微微染亮宽阔而雄壮的海面，我的诗也已醒来，它构成了我内心的一片海。

就如同马达声一样，我保持着对生活的敬畏。

无休无止的镜像

海以它赋予的方式打造出了我的诗歌世界——

船、机器、斑鸠、破厂房、排档、酸雨、化工气息、岸堤、缆绳、渔民、咒骂、码头、马达声、船舱、推土机、打桩机、泥浆、烟囱、运石车、妈祖、白炽灯、短衫、石阶、山冈、养殖业、网箱、箩筐、小酒馆、麦芽味、核电站、香火、事故、鳞片、瓦棚、流浪狗、小货轮、摄静寺、心经、失语者、柴油、粗麻帆、沉钩、渔妇、皮革围裙、长筒雨鞋、浮桥、螺旋桨、船体、铁管、街道、乡村医生、禁渔期、婚床、薄棉衣、捕捞、利润、石料、废土、菜市场、刀刃、鱼肚、围垦、填埋、罐装水泥车、测绘、三角板、基因、地铁、广场、血液、星空、铁块、蜂蜜、躯壳、泪腺、浅塘、野鸭、春天、蛐蛐、小草、钢筋……

暗流、礁石、贝壳、海螺、月光、阴霾、芦苇丛、海岸线、海腥味、白浪、狂风、鱼群、潮声、苔藓、滩涂、灯塔、鸥鸟、蟹、星斗、渔火、铁锚、岩岬、浮云、虎头斑、蛤蜊、虾皮、鳗鲞、带鱼、盐粒、堤坝、渔网、海潮、光线、桅杆、石斑鱼、泥螺、台风、乌云、狂涛……

无休无止的镜像,无休无止的生活。

评论　云水长和岛屿青

——柯健君与他的海洋意象

禾　睦

戊戌年冬至，大清早接到柯健君的电话，说他的第六本诗集最近出版了，现在就给我送过来。我连忙放下手中的活儿，走出"禾睦山房"。

柯健君，一九七四年生人，台州市财政局干部、中国作家协会会员、台州市作家协会副主席。柯健君高中时开始尝试创作诗歌，三十多岁时，不是文学科班出身的他参加了中国作家协会《诗刊》社第二十六届青春诗会，并获《诗刊》同年度诗歌奖。翌年，成为浙江省作家协会签约诗人，出版了第一本海洋题材诗集《蓝色海腥味》。

我跟柯健君是在一次行风检查工作中认识的。二○一一年仲夏，我带着健君等几位同志到各地明察暗访。一周下来，健君给我留下的印象是：性格随和笑呵呵；既理解基层，又坚持原则。相处过程中，我知道了这位财税法行家还是知名诗人。当年初冬,他给我送来诗集《呼吸》(2001)、《我们一直坐到天黑》(2005)、《蓝色海腥味》(2011)。看到书名我就大为赞叹,这颜色跟气味的通感本身就是诗啊。

再后来,我又获赠了《海风唱》(2014)、《大地的呢喃》(2016)。我们加了微信,联系也慢慢多了。蛮有意思的是,他的微信名"柯镇恶",是金庸《射雕英雄传》《神雕侠侣》中江南七怪之首"飞天蝙蝠"之名,可见健君还有对惩恶锄奸、侠肝义胆的崇拜和对善良忠诚、正直无私的坚持。

当我走到小区门口时,远远看见健君顶着寒风,骑着公共自行车的身影,心头一热。

我习惯性随手翻开淡蓝色封面的《嘶哑与低沉》(2018),一眼就发现内容的特别之处:每首诗下面都有一篇结合独白、诠释和感悟的短文。四十首诗歌与四十篇随笔对应互证、相得益彰。诗和文的共同表述,给大海的表情增添了理性色彩,让大海变得更加生动精彩。

诗文的解读,历来是众说纷纭、见仁见智。作者对谋篇布局的构思、遣词造句的用意、写作伊始的心态,很少有自白;"解说词"几乎都是"好事者"用自己的审美标准去蒙与猜,或曰从体验出发的再创作。这本诗集以诗人的同步演绎颠覆了这个常态。这是诗集的创新,也是文艺创作和评论的创新。

另外,健君"因为热爱大海/我喜欢蓝色"(《蓝色的渴望》),于是,爱屋及乌,他的太太阿红就把海洋系列的这三本书的封面也设计成蓝色。

我真诚地向健君面贺。

回到家,我马上从书架上抽出健君的其他五本集子,再次翻阅。蓦然发现,柯健君,已不仅仅是写诗者,而是借诗来思考、来表达的思想者。不是吗?一年内能两次登上《诗刊》的头条,刊登三十多首诗,这是空前的。十七年内,他在国内诗歌大赛中十多次获奖,六百多首(篇)诗歌和随笔,相继发表于《诗刊》《人民文学》《诗歌月刊》《星星》《天涯》等刊物,被收录进二十多种选本。他先后得到夏矛、黄亚洲、柯平、霍俊明、王自亮、洪迪、刘富丽、汉克·雷泽尔、车前子、马知遥、张清华、泉子等的关注,他们或作序,或写诗评和书评,或做访谈,或写学术专论,相关文章数量之多,在我所了解的台州诗人中,也是名列前茅的。从牵手缪斯,怀想唐宋文士的风流,到把诗性的文字作为呼吸,开合、吟诵出六本散发着芬芳的诗集,再到戴上"富有才华的年轻吟者"(黄亚洲语)的桂冠,其内在原因,已不能仅仅简单归于诗的语言美、意境美,更多的应该是诗人精神上的思考锐度和深度,是哲学思索和诗歌审美的和合。

每个人的心中都有一个文学的故乡,也都有一个热爱的方向。柯健君高中毕业前,基本上是在台州黄岩宁溪的山水间呼吸玩耍,思维中有的是岚岫、峰峦、松竹,而涛声依旧的旧船票他并没有见过。粗粗一看,这与文学创作写身边、写熟悉的生活的金科玉律相违背。其实不然,走出大山后,诗人在海滨城市生活和工作,他痛苦地发现,眼前的台州湾绝大部分海域都带着上游冲刷下的混浊泥沙,与青岛、大连、北海、南海截然不同:那里的大海是浪漫、温和、抒情的,是大众心驰神往的蓝色天堂,是诗人歌颂向往的伊甸园。于是,他恶补了大量的海洋知识,阅读、调研、体验,硬是把有距离的事物收入眼底、融进血液,把理论武装并投入对现实场景的解读,把全部感情注入大海,以山的伟岸拥抱无垠大海,用心的真诚为宽容的大海歌唱。他对台州渔民所说的"讨海"进行了诗意诠释:台州湾的海是台州渔民的生活之海、奋斗之海,是苦难和幸福交集的海。从此,游山、探古、寻幽、入庙、问道、倚竹、赏花、垂钓、弹瑟、抚琴、挥毫、煮茗、焚香,这些众多诗人热衷的活动在他笔下消退。"我的诗是朴素的话语。诉说着/我对大海的偏爱——黄昏的光线微微染亮/宽阔而雄壮的海面。马达声持续保持着/对生活的敬畏/我的诗是我内心的一片海。"(《我的诗》)一片诗心寄海洋。厚实而沉重的台州湾重构了诗人的心律,大山的汉子成功地化身为大海的精灵,诗歌的海燕新填了山对海的恋歌。

　　大海是人类生命的源头和成长的摇篮,也是文人墨客的宠儿。《诗经》中,海早已在《玄鸟》《沔水》《江汉》中露面。与海息息相关更是古今台州自然与人文地理的一大特点。著名海洋画家郭修琳不仅有海疆万里行的壮举,还以"大篷""小橹"为他孩子命名。台州原本在海底,地壳运动才成就了它今天的模样。当代台州九个县(市、区),三分之二与海洋关联,其海岸线在国内地市中是最长的。从三门湾到乐清湾的辽阔海面,有当年盛产大黄鱼、小黄鱼的大陈渔场,举世闻名的一江山岛,健跳、头门、海门、大麦屿港等,平均一天七千多艘渔船出海作业,海域面积和渔业产量均居浙江首位。

"台州地阔海冥冥,云水长和岛屿青。"(《题郑十八著作虔》)历史上,在台州海域,诗人们的歌唱一直没有停止。这句诗的作者是唐代杜甫,诗的原意是替好友郑虔鸣不平。因为当时的台州尚为偏僻荒凉、十分闭塞之地。不过,世上的事往往有些意外。诗书画"三绝"的被贬官员郑虔却因此任性挥洒笔墨,大展传道授业解惑的拳脚,成了名垂青史的台州文教之祖。而让杜老夫子想不到的是,他的抱怨反倒成了描绘当今台州绿水青山、碧浪千顷的美词,成了影响力巨大的"官方宣传",千年之后还能福泽台州。"诗无达诂",真乃醒世恒言。杜甫另外一首引用频率很高的诗是《有怀台州郑十八司户》,其中有一句是"天台隔三江,风浪无晨暮"。此外,咏台州海洋的古代名诗还有宋代文天祥的《乱礁洋》:"海山仙子国,邂逅寄孤蓬。万象画图里,千崖玉界中。风摇春浪软,礁激暮潮雄。云气东南密,龙腾上碧空。"

我中学时代,爱唱的歌就有一首《我爱这蓝色的海洋》。

那时,家乡所有的溪河都是湛蓝湛蓝的。灵江水大多数时间也是清澈的,可以饮用、洗菜、游泳。参加工作后,耳边又响起《军港之夜》:"海浪把战舰轻轻地摇/年轻的水兵头枕着波涛/睡梦中露出甜美的微笑/海风你轻轻地吹/海浪你轻轻地摇……"现在我老了,碧净的溪水躲到了深山老林,还常常跟我们捉迷藏;江水只能浮舟;蓝色的海洋成了奢侈品,要借助高铁、飞机,才能看到它。

"我爱极了这一片海域""我愿做一个大海里的歌手"——写台州的海,是柯健君正确而睿智的选择,既避免了与屡见不鲜的"希望田野"题材撞车,又对自己的写作进行了转型升级,容易形成个性化诗风。尽管"东海诗群"早就享誉现代诗坛,但在新生代诗人中,台州的柯健君依然是一名引人注目的海洋歌者。

二○○八年十月二十六日下午,柯健君写下了大海题材的第一首诗,以《出海》标志着他的诗歌新方向:"是那台浸满油腻的马达……柴油的青烟迅即捅向天空/一拳。老大在桅杆下,奢侈昨晚残余的力气/——海。像一面隐藏巨大无知的镜子/——港口像塞满弹药的枪膛/当帆为着风的沉重而悸动/雨水有足够的理由不安和咆哮——如果航行只是/魇梦的开始……此刻,拒绝女人把腥味带上船/男人们率先把寂静的花园/掀翻在床脚和三五瓶宁溪糟烧间/机器的轰鸣像要嵌进平和的台州湾/没有来风之前,宁静束缚了大海的四蹄/——蓝色不能奔跑。铁锚尚能安息几个时辰/风暴内心,永远隐藏着风暴/像那次出海以后,我的夜空,挂满隐隐约约的星光"。这种浓浓的"蓝色海腥味",深深地浸润着台州的气息,闻一下都会让人感到真实和舒坦。

四年后,台州书画院以《蓝色海腥味》为底本,组合李棣生等十五位台州名家的海洋画作,举办了一场"云水长和"跨界诗画联展。

现代文明对大海的入侵很难让人恭维。以牺牲海洋生态的巨大代价换来沿海工业园化工味和海腥味混合的发展,是无法否认的事实,也是历史进程中的一个痛苦选择。"风躲在树叶后细数尘土。推土机/仗势工业豪吏的后台,粗暴袭向农业文明的腹部"(《去黄琅》);"我在苇丛和浮藻间找到了大海的忧郁/风吹着芦秆,不再是管风琴和大提琴的节奏"(《沿海地带》);"无力的光线护卫不了对海的杀戮/越来越多的沉重/在岸边,在海上,在我不见的角落/遗落着无奈和难以描述的愤慨"(《暮阳下》)。属于东海的台州湾,尽管有撒网、补网、养殖、垂钓等,但不透明、不温柔、不抒情、不浪漫,且生态符号出现异化。为何诗人却"愿把这一片海当作一张/七十八转的胶木唱片/那尾斜阳,就是一枚金黄色指针——高高低低的浪与浪之间,像极了深深浅浅的/声槽"(《因为大海》),一往情深深几许,反反复复唱心曲呢?艾青有句名言可以作为答案:"为什么我的眼里常含泪水,因为我对这土地爱得深沉……"星罗棋布、惊涛裂岸的岛屿,污水横流、臭气刺鼻的工厂;海天一色中翱翔的海鸟、飞驰的鱼群、破浪的航船。面朝台州大海,美丽与哀愁交织的几百首诗歌,饱含着对海的礼赞、祈祷、担忧、呐喊。避开玄虚、晦涩和难懂,用通俗朴实的语言和细腻情感所营造的形象比喻体察入微。台州湾"海上仙子国"的风情,在身体的阵阵战栗中,惟妙惟肖地裸露在面前:"网间残留的海腥味,指肚粗糙的豁裂","拿酒精兑换高浓度的夜色"。贝、虾、蟹、鱼都是歌手,芦苇丛是"演奏乐队",潮是"不断变换美声、通俗"的"合唱团","堤坝拦截了第八个八度音域"。"浪花/海的手指。弹砸了叫海岸线/的这把旧钢琴——礁石是飞溅的琴键。无章,无序"(《礁石》)。尤其是万千不同的海洋生命和民俗风情,品之别有一番滋味。如果说"我谨慎。像海边一只小小的贝张开壳/柔弱的内心轻轻碰触世界/我牢牢捆紧欲望,在厚重的铁墩旁/海一样,从不曾远远逃逸/从远方回来,我感激台州湾两岸静静的渔火/再强的风与阳光,也枯干不了身上浓浓海腥味"(《海边的我》)对海及与海有关的悲情之事还小心翼翼,对海洋愤怒而忧郁的哀号还遮遮掩掩的话,那么,"我在市场边的小巷长大。我已长得越像/父亲昨晚捕捞的黑鲫鱼——被青春期的丝网/拦截。沉浸于要价、杀戮和阴暗内心/是这个城市一片奔跑的鱼鳞"(《水产市场》),以及"我的诗纯净而自然/它为阴霾与人类的肮脏发出嘶哑与低沉的怒吼/它面对爱和善,敢于/无惧地呐喊——我爱你!我愿意为万物的到来离去/储存抗争的勇气"(《我的诗》)就显得大开大合。《海洋》则更加奔放:"水和水之间的水蔚蓝着,发出/巨大的声息。斜阳/缓缓抹平了礁石,灯塔和悄无声息的暗流/凌晨的景物让一天幸福地开始/而此刻的黄昏/让我忆起痛苦和慵懒/一只鸥鸟暂时停靠的岩壁,不是它拥有的/晴朗的天空下/我愿放弃灵魂以外的一切/如这海洋般默然。"这与舟山诗人苗红年的《大海词典》有较大的区别。

如今,柯健君已经对着大海歌唱了十多年。情感积累逐渐消耗,但新的思想元素不断注入。"我的诗是一滴水/无数的我的诗聚成了一片海/我喜欢诗中的事物:灯塔。船只与暗流/礁石。狂涛。和一只螺小小的努力"(《我的诗》)。在诗行中,他还有意融入音乐、绘画等艺术表现手法,如"山岚皑皑的白色。冈头浅浅的绿。映着/黄墙与青瓦——不远处,浑浊的海/消失了自己的蓝/更远处,有着金色的反光"(《在微暗的摄静寺读心经》);"岸边,我绝对听到大海唱出二十四度半的音域/——以星星的惊呼作为三度半的假音/在潮触及最高、最宽音之前,瞬间收敛/海的歌手们原地散去。缓慢的/按六音步或顿的节奏——直至,沉入最低音/或仅仅剩下——/平……仄……"(《潮》);"海的声音邂逅鱼鳞、星光与归念——/是鼓与鼓的锤击/是万马齐鸣"(《海的声音》)。诗人仿佛在诗歌的画布上用油画笔把大海的复杂性格、相关人事、自然与社会一层一层地涂抹上去,悲壮、沉郁、旷达。用嘶哑与低沉的嗓音,日夜不倦地唱着与海洋息息相关的生活之歌。于是,在反复吟诵中,我也仿佛走入远方的精神家园,在工业化文明中诗意地栖息,获取自己存在和幸福的价值,很乐意能感受这海浪般的诗歌涌动、深蓝色的诗意深沉。

"云在青天水在瓶",我国诗学的优秀传统是追求真善美的意境。在长期的诗歌实践中,柯健君把创作体会散布在自序、后记和访谈中,在《诗歌的指向》一文中有最为集中的体现。文中他一反平日诗句的精练,尽情挥洒笔墨,论证诗歌的传统和当前诗歌存在的现实,提出诗歌需要感动,诗歌的未来在于感动的鲜明观点。换句话说,无论是山恋,还是海恋,健君的诗都不是"脱离生活"的"散落的情绪与思考",不是"在阳春白雪和风月之间放肆"的分行句子;诗意也不"只仅仅停留在艺术的层面"。他在满满深情中传递着鲜明的创作理念,"显露着我所寻找的灵魂与文字的另一种途径"。如:"一块泥巴就是一只蚂蚁的祖国"(《一块泥巴》);"我的心再小,也能把整个坑口村安放/带到地北,或天南"(《寒雪天回坑口村访亲》);"我在一头拉着/而死亡在另一头/母亲啊/我紧紧攥着你/我希望这样的拔河/永远都是我赢"(《拔河》)。他描绘的台州海洋意象,自然而有个性,始终有奋进而无沮丧,燃希望而扬自信。如:"海的柔弱,只在傍晚,沙滩一角或滩涂的芦苇丛/和着月光轻轻拍打……像哄着孩子，低垂的/声音,越来越低,直至融化在深沉的夜色"(《海有多么美》);"体内涌出蔚蓝色的音乐/我说:我愿意给你黎明/把第一章简谱抛入大海"(《月光下的海洋》);"它有硬朗的心跳/宁可被一滴水击穿。磨光曲线/不放弃粗糙的本质"(《爱》)。我读此,每每泪流满面。

正因为有如此深厚的诗歌创作功底,柯健君进行散文诗创作自然水到渠成,非同凡响。二〇一八年出版的诗集《嘶哑与低沉》中,自言自语式的释文其实就是散文诗,只不过在那里是充当绿叶罢了。

这次呈现的散文诗集《点燃灯塔》,是他的第七本著作了。八十篇短文以别样的角度、手法表达大海,视野更加宽广,海腥味愈发扑鼻浓郁,海的脾性、触感、肌理,通过人的活动被展示得纤毫毕现。

散文诗是集诗歌和散文的优势于一体的跨界文体,带有舶来品的印记,在自由自如的基础上,保留着叙述和议论、音韵和节奏。作为激情而理性的诗人,健君对散文诗拿捏得同样精妙,可谓驾轻就熟,随手拈来即锦绣文章。

我特别佩服作者的想象力:"每一粒沙子都坚信自己能从大海爬到大地,每一粒沙子都会搂着另一粒沙子歌唱。"(《一粒沙子搂着另一粒沙子歌唱》)"出海,去岛屿上把灯塔点燃。出海,去夜空间把星光点亮。"(《去岛屿上把灯塔点燃》）"我看得出海有着惊人的倔强脾气,不服输,用力量抗拒着力量。我也看得出海的辽阔与宽容,把水深深地藏在水里,把坚强藏在坚强里,把怀想藏在怀想里。"(《擦拭掉生活的锈迹》)

集子中一如既往地倾诉着人世间的真情和大爱:"我愿意卸下浓浓的海腥味,卸下苦与恨。我更愿意卸下幸福,给还有磨难的人。让恋人能相拥而吻,让孩子们懂得孝敬老人,让海边的一只泥螺,也感恩地朝大海凝视。我愿意把自己卸下,像一滴水融入大海,把自己忽略,只为世界与明天更加美好和温暖。"(《卸下幸福给还有磨难的人》)

"一首诗,阻止不了一辆坦克的进攻,更阻止不了现代文明对大海的入侵。我写诗,但不知道能否拯救海——即使可能,也只能是精神上的拯救——我不能让生活中的海停止丧失,仅仅能让人们把内心的大海想象得更完美一些。"(《将生活涂抹成蓝色》)

不再饶舌了。朋友们自可放飞想象。

又是一年的冬至。二十四节气新轮回开始是不是也预示着诗文的又一个春天?

诗人的情怀中多有悲天悯人的因子。我倾听着柯健君在人们熟视无睹的生活中体悟出的心语,仿佛看到他正以诗文为画笔,描绘眼前所见、心中所想的真实大海、诗意大海。有情怀,能写好诗文,也能唱好海、管好洋。海鸟、海风、海浪,朝霞、落日、潮汐,鸣笛、织网、撒网、归帆……苍茫宇宙,天道轮回,周而复始,妙不可言。

我真诚地祝愿健君用文字构建的理想蓝海尽早出现!也愿意与他一起点燃灯塔,让闪烁的光一直照亮夜行者的心灵!

台州已有自己的海洋画家、海洋诗人,何时出现海洋作家、海洋科学家呢?"台州地阔海冥冥"的昨天已经过去,"云水长和岛屿青"的明天就要来临。

我,健君,读者朋友们,一起张开双臂迎接吧!

二〇一九年清明写于沪上明阳轩
二〇二二年冬至增补于家乡禾睦山房

跋 望君踏浪跨海燃灯来

胡明刚

  与健君相知于文学交往中,转瞬之间,三十余年。那时候我在天台华峰,他在黄岩宁溪,我在山冈上,他在水边。我初看他写宁溪的诗歌,他童年时深居黄岩西部深山一隅,那里有一条清澈明亮山溪在奔流激荡,如健君清澈的诗句,绕过绿水青山和田野村舍,构成了宁静安详柔美和谐抒情的风景,也滋养了健君如水一般永宁的生命。

  在溪流的入海口,我与健君见了面,聊得很是投缘。在椒江,在温岭,在石塘,我们一同看海,看海边的庙宇,看从海湾出航的帆船。健君说,他不能老是写宁溪的山,也要歌唱台州湾的海。他做财税工作,整天与让我眼晕头大的阿拉伯数字相纠缠,同充满变数的商界、市井人士为伍。我初以为沿海新兴城市的纸醉金迷和灯红酒绿,也会让他意乱情迷、急躁茫然而迷失方向,但他说他不会,他有自己的一片天空和大海。每天清晨,东方海日冉冉升起的那一刻,他的心里就亮堂了;夕阳西下,晚霞映红海天的时候,他又回到了最初的内心平静。台州湾的海与宁溪的水同样抚慰心灵,也让他的眼界更辽远,心胸更阔大。连绵不断的诗句如潮汐一样起伏涨落,牵扯着丝丝缕缕的情怀,让它同音乐一般在时空中舒展、漫延、升腾。于是,山海神韵汇聚在他的笔下,灵巧的文字就像鱼群,沿溪而下,洄游而上。于是,我的耳边响彻了他的放歌,如随风激荡的海浪,洒洒洋洋。长歌四起,鸥鸟飞过,船帆高扬,在歌声中,健君的身影渐渐融进海天的苍茫一色。

健君一路踏歌而行,走出了深山溪谷,走向了寥廓海天。他早已冲破地域的藩篱、山海的界限,再不囿于狭隘的概念与范围。抬头瞭望,一个开阔的海的世界,一个充满海腥味的大宇宙。不管是低头看水还是抬头望海,健君始终是一个沉思者。无论是站在海滩礁石上还是泥泞滩涂上,他所看到的水,不再是涓涓细流,而是碧波万顷的大圆融境界。寄情大海,潇洒豪放,撼人心魄。

不可否认,生活在海边城市的健君,面对的人事繁杂,从事的工作辛苦,但面对大海的那一刻,他明明白白看清了自己。他对着大海呐喊,张开双臂,完成拥抱、奔跑到起飞的动作,就像一羽鸥鸟高高地翱翔。

健君为人朴厚,举止利索,沉稳的眉目间保持着与生俱来的友善情味。他情感细腻,对事物的观察思考细致入微。

他的思维独立,具有那种诗人特有的潜质。热爱乡土文化,热爱大海风貌,回归自然,这是文学的充要条件,我们都会因此感到潇洒自由、散漫奔放。我们携手伫立在海边,会不约而同齐声高喊:大海,自由的元素!

健君早期的诗集《呼吸》,让我把诗句想象成山海之间来往的风。这是生命中悠长深沉的气息与情感,随着血脉的偾张、脉搏的跳动,海潮一样奔涌。他倾注全身心于海洋,那歌唱不是唯唯否否的无病呻吟,也不是虚张声势矫揉造作的不知所云,它是真实内心的独白,是有感而发的真切话语。它带着身心陆沉或者撕裂的那种破音,咝咝的或轰轰的响声,夹杂着滔天的巨浪、狂暴的风雨,还有舵把转动和船帆起落的吱嘎声,那是真正的磨砺和疼痛,是撕心裂肺的呼叫。由此,他的歌声或高亢或嘶哑,伴着欢快却沉凝的音符与节奏,旋转着,位移着,就像海上的季风、海里的洋流。

健君的诗歌弥漫着四维上下虚空之中的沉重,如暴风巨浪和暴雨的冲击,撞击得人们喘不过气来。他随着渔民出海,感受胸襟胀满,就像充满弹药的枪膛,道道电光中,文字喷射而出,化成海上的星星。这种星光是微弱的,但海面仍是一片漆黑,健君希望看到一盏桅灯、一点渔火、一座灯塔,能照亮他的海路前程。紧随他写海的三部诗集《海风唱》《蓝色海腥味》《嘶哑与低沉》后,他走向那片星海、那座灯塔,也希望用诗歌去点亮,照亮那些在海上打转的人。他是灯塔的守望者,把自己的爱和善随着灯光发射出去。

是的,诗歌真的让柯健君成为一个点灯的人。他曾追赶海腥味的风,让风陪伴,穿过芦苇丛,转过海涂地,跳过礁石,涉过浪花。他坐在渔船上,看渔村的石墙瓦脊,把海的声色当成浪漫曲,在乐句之中,他的脚步颠蹶跟跄。他在礁石和泥滩里找到许多贝壳,听见海螺号的呜呜声。

展开《点燃灯塔》这本集子,我忽然发现,健君不再写音节短促的句子,他用的都是长句,那诗行就像很长的海潮线,一队接着一队,一波压着一波,浪花飞溅,如许多头颅攒动,许多喉咙喊叫。他延续了《蓝色海腥味》和《海风唱》的基调,但散漫的文字表述和意境的铺陈进入了一个全新的境界。因为歌唱大海,他一年之中就在《诗刊》发表三十几首海洋题材的诗歌,且都在头版以组诗形式推出,此后诗情喷薄,佳作纷呈。诗歌在《人民文学》《星星》《扬子江诗刊》《散文诗世界》等各大名刊发表,被各年度精品选集收录。他参加二〇一〇年《诗刊》社第二十六届青春诗会,获当年年度诗歌奖;诗集《海风唱》被列为中国作家协会二〇一三年度重点作品创作扶持项目和浙江省作家协会二〇一三年度签约作品;自己也获浙江青年文学之星提名奖。同时,他也为诸多海洋画作配诗,为海滨城市创作的歌词被谱曲传唱。成绩如此骄人,可喜、可嘉。

健君的海洋诗,大气磅礴,排山倒海,有着特别的音乐感,令我想起德彪西的《大海》和格什温的《蓝色狂想曲》,海面犹如纸面,洒满美丽鲜亮七彩的音符。在诗里,健君把大海当成了一场音乐会:潮水成了合唱团,飙着高音,指挥者是月亮,是风。一列一列的歌手,努力将声音调到最高,像是用出了一生所学。从一个八度,到两个八度、三个八度。接着,是四个、五个……静默的堤坝,才能拦截潮水宽广音域的第八个八度音。伫立在岸边,可以听到大海唱出二十四度半的音域——以星星的惊呼作为三度半的假音。当海潮退去,按六音步或顿的节奏,直至,沉入最低音,或仅仅剩下平……仄……,而航船就成了破音。在他的心目中,大海就是一张唱片,那航船就成了一枚唱针,海浪是唱片的密纹声槽,这种感觉我在天台的寒山湖也有过。海上旋转的寒流暖流,鼓荡着惊涛骇浪,起伏颠簸,就像唱片一样托举唱针,充满耳鼓的是来自四面八方的啸响。谁不知道这唱针给唱片的压力有多大!那个诗人看到大海,他的内心像被唱针压着,被刻划着,发出阵阵的颤音!

健君说,他歌声里的赞美降了八度,而忧郁提升了几个音阶。曾有人说过,忧郁就是歌曲的灵魂,忧郁是蓝色的,也是蓝色海腥味的主旨,是诗歌的精神。唱片一样旋转的海,绝不是柔美与浪漫的代名词,它时刻呈现生活与生存最惨烈的一面。健君深深地感知,从一贯的纯美抒情中挣脱出来,去感知那种与生俱来的现实压力,感受那种刻骨铭心的痛。

他徘徊于海鲜市场，凝视失去自由无谓挣扎着翻白肚的奄奄一息的鱼儿，关注那些锱铢必究的红男绿女——他们到底是为什么迷失了自我的方向？谁能点亮他们的心灵？被工程车和打桩机挖开的坑坑洼洼，还有渐渐被污染的漆黑泥涂，就像被生活撕开的破洞和伤口，又有谁来弥补？而值得他赞美的海涂中的彩贝和崖岸礁石缝隙中的海螺，至少还有一个位置，尽管受到浪潮的冲击，但依然做顽强的坚守！

真正的诗人总有悲天悯人的情怀，这也是诗歌忧郁的根源。因为这份慈悲，我的内心就震颤起来。健君的诗歌气势宏大，但情感细微而柔和温软，他礼赞星光霞光日光灯光，礼赞岸礁上那座孤零零的灯塔。多少个风雨交加的漫漫长夜，他希望那盏灯永远亮着，当航船在它身边过去的时候，船再也不感到寂寞，而是感到一种幸福与荣幸。

正因为如此，健君这本《点燃灯塔》的立足点更高，关注范围更广。他在写诗的时候，看着船老大启碇出海，看渔人归来烤火取暖。健君希望自己能做的，就是点燃一堆篝火，给人温度，点亮一座灯塔，给人光明。这是爱和善美的事情，是文学艺术家的德行，它让人看到欢乐和幸福。就像诗中所说，海浪滔天，风雨肆虐，是一种磨难和摧残，让人的身体如礁石一般伤痕累累，心情如铁锚一般沉重，也让人感到无限的痛楚，但是，前方有灯塔亮着，有妈祖的歌在唱着，风浪总会平息下去。在诗人心目中，风暴海潮是一种圣洁的洗礼，灯塔和渔火能照亮每一个阴暗的角落,昭示着不含杂质的灵魂与幸福。由此,我和健君都爱着文学,爱着诗歌,爱着音乐,爱着绘画,爱着世界上所有善美的事物。我们来自不同的地方,共同朝着一个永恒的方向——前面是海,前面就是万道霞光的蔚蓝色的大海!

我们殊途同归,在激扬文字中致以深深的祝福,等待每一个人的归来。于是,我们去远方的岛屿,把灯塔点亮,这是开宗明义的善美之意,若能给人温暖安慰,我们也不枉此生了。

健君这本《点燃灯塔》之中传达的善美,实际上就是一种由衷的博大之爱。爱是没有分别心的,爱是一视同仁的,爱是我们做一切事情的必要准备,爱是诗人点燃灯塔的最大自觉与驱动!星灯交辉,照亮海天,每一滴水每一艘船每一朵云每一个人都有归处,每一道灯光都会照亮航船,每个地方都是最好的乐土!健君现在生活的地方在台州湾畔的椒江,出海口两座崖岸对峙,两座灯塔辉映,被点亮时,就能照亮航船的归途。远方航船的水手会欢呼:我们看到了岸,我们的心安定! 点燃灯塔,虔诚地呼唤海的名字,如同呼唤着健君与我们每个诗人归来;点燃灯塔,不仅是为了出发,最多的还是为了归乡。

诚如健君诗中所说,点燃灯塔,我们敞开胸襟,就像海中的贝壳,用柔弱的内心轻轻碰触着这个世界;点燃灯塔也就卸下沉重的叹息,卸下浓浓的海腥味,卸下苦与恨,卸下幸福,给还有磨难的人。这就是善美之爱,尽管现在,还有许多人依然漂泊在蔚蓝深处,但爱与幸福通过诗歌给所有的人,是没有任何的疆界与分别的!

用诗歌点燃灯塔的健君,让我们每个人都乐观畅达起来。